甘い恋の手ざわり

李丘那岐

幻冬舎ルチル文庫

CONTENTS ✦目次✦

甘い恋の手ざわり

✦カバーデザイン＝久保宏夏（omochi design）
✦ブックデザイン＝まるか工房

イラスト・水名瀬雅良✦

甘い恋の手ざわり

一

人は夜、活動してはならない——子供の頃、祖父にそう言われたことがある。

『夜は光が眩《まぶ》しく見える、人は愚かだから偽りの光に惑わされてしまう。だから早く寝なさい』

それは十歳にも満たない子供を寝かしつけるには相応《ふさわ》しくない言葉だった。意味がわからなかったけれど、兄のようにそれを問うことはしない。ただニコニコ笑って、『はい、おじいさま』と答えるのが自分の仕事だった。

十数年経《た》った今になってやっと、その意味がわかってきた。

夜に見る光は美しい。昼の光とはまったく異質な美しさがある。

天井から水滴のように吊《つ》るされたクリスタルのカーテンは、照明の淡い光をキラキラと反射させる。その光を受ける白い壁も、ベージュのソファも、色とりどりに着飾った女性たちもみな美しく見えた。

そのすべてが偽りとは思わないが、信じるに足る誠実さがあるようにも見えなかった。

しかしここはつかの間の憩いの場だから、きっとそれでいいのだろう。

高級歓楽街にある会員制の高級クラブ。金曜の夜。客の入りは悪くない。

ごく控えめな音量でピアノ演奏が流れ、客の話し声やホステスの笑い声が混じり合った。空気は、柔らかで優しいシープスキンの手ざわりに似ている。向井沢《むかいさわ》恵《けい》はぼんやり店を見回しながらそう思った。

居心地のよさが、この不況でもそこそこの客入りを保っている理由かもしれない。

「恵くん、灰皿は？」

「はい、すぐに」

恵は微笑《ほほえ》みながら歩き出す。すぐにと言ったわりにその動きは少しばかり緩慢だった。

恵がこの店でボーイとして働きはじめて、三ヶ月ほどが経つ。ボーイというのは、ホステスのサポート役であり、下働きであり、熟練すればフロアの統括係も務める。しかし恵はまだ、使いっ走りと呼ぶのが相応しい仕事しかしていなかった。

本来気の利くタイプではなく、動きも俊敏とは言い難い。悪く言えば鈍くさく、良く言えば優雅。どこか貴族的な雰囲気があるのは、容姿によるところも大きかった。

身長は百八十センチに少し欠けるくらい。すらりとした体軀《たいく》に制服の黒いスーツが映える。祖母の北欧の血が濃く出て、髪も肌も瞳も色素が薄く、優しげな細面は絵本の中の王子様といった風情で、観賞用としてはパーフェクトだが、実用向きではなかった。

足取りも表情もどこかふわふわとして、夜の社交場が恵の周りだけお花畑になる。人の世話をするより、確実にされる側の人間で、客に一緒に飲もうと誘われることも少なくなかった。

容姿のよさでちやほやされ、仕事はできないが人に好かれる。それは当然ながら敵も作りやすかった。本人がなにもしなくても、愛されるか、憎まれるかの二者択一。人間関係のトラブルは常に恵につきまとった。

「恵、早くしろ」

フロア統括のマネージャーにせっつかれる。本人としては急いでいるのだが、動きには反映されず、表情にも深刻さが表れない。

マネージャーは溜息《ためいき》をついて恵に灰皿を渡した。「ありがとうございます」と丁寧に礼を言われて、マネージャーはさらに深い溜息をつく。

気の利かないボーイだが、不思議と客からの苦情は少なかった。ただ一部のホステスからはものすごく嫌われている。

恵がこの向いてない職場で向いてない仕事をするようになったのは、この店のママに誘われたからだった。ママは恵が十五歳の時に亡くなった母親の親友で、母亡き後、なにかと面倒を見てくれていた。

四ヶ月前に恵が失業した時も心配して様子を見に来てくれ、恵がお金を稼ぎたいからと水商売の就職情報誌を見ていると、その道に精通しているママは渋い顔をした。

「向いてないからやめなさい。変なのに騙《だま》されるわよ」と説得されたが、恵は「大丈夫だよ」と笑って取り合わなかった。

じゃあまずは自分の店で働いてみなさいと言われ、断ることもできずに働きはじめた。

入店初日、恵の容姿を見てホステスたちは色めき立った。それに向かってママは、「この子は私の親友の子で、ゲイだから」と言い放った。これには恵もぎょっとしたが、訂正はしなかった。その方が面倒が少ないであろうことは恵にもわかった。

自分の見た目が女性に好まれやすいことはすでに承知している。なにしろ子供の頃から女性問題には悩まされ続けてきた。淡い恋から犯罪的なものまで、女性は可愛いが恐ろしいというのが恵の率直な女性観だった。

二十五年の人生で、女性と付き合ったことは三度ほどあるが、男性と付き合ったことは一度もない。自分をゲイだと思ったことはないが、この世で一番好きな人の性別は男だった。

「煙草持ってきて」

赤いドレスのホステスに言われて恵はにっこり微笑む。

「はい。銘柄は？」

「それくらい覚えてないの？　柏木《かしわぎ》社長はラスターよ。常連さんのそれくらい覚えなさい」

「申し訳ございません。すぐに持ってまいります」

ゲイだと認知されたことで面倒は減ったが、代わりに敵もできた。恋愛対象が男なら競合相手、顔がきれいだからなおさら敵愾心《てきがいしん》が湧《わ》くらしい。

「すみません、柏木さん。使えないボーイで」

ホステスは客に謝り、恵も去り際に頭を下げて笑みを向けた。

柏木は足を組んで悠然とソファに座っていた。彫りの深い顔は男らしく整い、眼光鋭く威圧感がある。笑みを浮かべるほど傲慢《ごうまん》に見え、若いが王者の風格を漂わせる男だった。どこか兄に似ているな、と恵はぼんやり思った。それだけで恵には好印象になる。すぐにとって返し、煙草の在庫から言われた銘柄を探す。

「マネージャー、すみません、ラスターはどこでしょう？」

見当たらなくて問いかけた。

「ラスターならそこに……あれ？　なんでないんだ？　開店前に確認した時は……。しょうがない、おまえ買ってこい。角の煙草屋でツーカートンな」

そう言われて、恵なりに急いで煙草屋へ走った。買って、戻って、そんなに時間はかからなかったはずだったが、ホステスは怒っていた。

「なにやらせても、のろまなんだから」

「すみません」

怒っている相手に、恵の平和な雰囲気はあまりいい効果を生まない。

「すみませんじゃないわよ。お待たせしたのにヘラヘラしないで」

「すみま……申し訳ございません」

ヘラヘラしているつもりはなかったが、それを言えばまた怒らせてしまう。わかっているのでただひたすら謝る。

「俺は別にかまわない。ピリピリするな」

柏木はそう言ってホステスを制すと、スーツの胸ポケットからシガレットケースを取り出した。柔らかそうな褐色の革のケースに、恵の目は釘付けになる。

「ごめんなさい。お預かりしますね」

ホステスがそのシガレットケースに手を伸ばしたのだが、恵は横からそれを取った。

「な、なんなのよ！」

ホステスは烈火のごとく怒ったが、もう恵の耳には届いていなかった。

シガレットケースの表面を、恵の白くて細い指が撫《な》でる。使い込まれて脂がなじんだ革は、滑らかで手ざわりもよく、恵はうっとり陶酔した笑みを持ち主に向けた。

いつものぽやんとした笑顔とはまったく異質な笑みは、夜の空気にもなじむ妖《あや》しさを漂わせていた。なにを塗っているわけでもないのにピンクに輝く唇を、シガレットケースに近づけ、目を閉じてその匂いを嗅《か》ぐ。ホステスは慌てて、恵からシガレットケースを取り上げた。

「ちょ、ちょっと！　なにやってんの、あんた。失礼でしょ!?」

真っ赤な顔で怒鳴られてハッと我に返る。

「す、すみませんっ」

立ち上がって頭を下げた。こればかりは言い訳のしようもなく失礼だった。恐る恐る柏木の顔を窺《うかが》えば、その口元には笑みが刻まれていた。

「そんなに気に入った？」

低い声に怒りは感じられなかったが、どこか馬鹿にしたような響きがあった。

「あ、いえ、あの……すみません。失礼しました」

恵は焦って中の煙草を入れ替え、柏木にそれを返す。もう一度頭を下げて、その場から逃げ出した。

「ごめんなさい。本当、おかしな人なのよ……」

ホステスの声が聞こえて、それにはまったく反論できないと思った。おかしな人なのは間違いない。

革を見ると夢中になって状況を忘れるのは、恵にはままあることだった。しかし今のシガレットケースは別格だった。

あれは自分の作品なのだ。前に働いていた工房で、柔らかい素材のシガレットケースを提案して、そんなの売れるわけないと言われたが、少しだけ作らせてもらった。

意外に好評で、もう少し作ってみようかと言っていたところで工房が潰《つぶ》れたのだ。

思い出深い作品だし、自分が作ったものを使ってくれている現場に遭遇したのは初めてだった。とにかく嬉しかった。

バックヤードでマネージャーにも怒られたが、恵の浮かれた気持ちが落ちることはなかった。

柏木のことが気になって、少しでも話をしてみたかったが、ホステスもマネージャーも、もう恵を柏木に近づかせてはくれなかった。

革の状態から大事に使ってもらっていることは伝わってきた。満足してくれているのか、どこか気に入らないところはないか、使い心地が聞きたかった。

なにより使ってくれてありがとうと言いたかった。

恵は働きながら、ちらちらと柏木に目を向ける。まるで恋をしているかのように、柏木と話すきっかけを探した。しかし今日はもう無理そうだった。

柏木は常連客で、本来の担当はあのホステスではなく、この店のナンバーワンだ。彼女は恵にもフラットに接してくれるから、次に柏木が来た時には、少しだけなら話をさせてもらえるかもしれない。

そんなふうに考えて、今日話すのは諦《あきら》め、目の前の仕事に集中した。

落ち着かない様子の恵を、柏木も気にしていた。

とてもきれいな顔をしているが、上背もあるしどこから見ても男なのだが、どこか浮世離れした雰囲気がある。ちらちらと見られれば、自分に気があるかと疑いたくなった。

さっきの革を撫でる手つきも、その陶酔したような表情も、誘われているのかと思うくらい艶《なま》めかしかった。

ホステスが対抗意識を燃やしてしまっても、致し方ないのかもしれない。しかし客前で、たとえボーイに対してであっても、ああいう態度をとるのは一流のホステスとは言えなかった。

今夜はふらりとやってきたら、担当の子がたまたま休みで、ママがきれいな子好きでしょ？　とつけてくれたのがこのホステスだった。確かにきれいな顔は好きだが、顔だけきれいでもしょうがない。

そういえばママはなにか企《たくら》むような笑顔を浮かべていた。もしかしたらこのホステスの見極めをさせられているのかもしれないと思い当たる。

ママとは大学時代にバーテンのバイトをしていた頃からの付き合いなので、ただの客よりは遠慮がない。ホステスの見極めは以前にもやらされたことがある。

「ここだけの話なんだけど、あのボーイ、男が好きらしいの。しかもお金で男と寝るらしいわ。さっきのも誘ってたんじゃないかしら。本当、気持ち悪い」

確かに、売りをやるゲイなんて最悪だ。しかしそんなのは自分には関係ないことだと、いつもの柏木なら聞き流しただろう。これもママに報告するか、と思うくらいで。

男と寝たいなんて思ったことはない。最近では女も面倒だと思えて、こういう店の女と気まぐれに寝る程度だった。愛するとか愛されるとか、そんなものに没頭できるのは心が若い人間なのだと、齢《よわい》三十にして恋愛に関してはすっかり枯れていた。

その分、仕事には精力的だった。通販業界の若き獅子と言われ、着実に実績も上げてきたし、まだまだ意欲も衰えていない。

仕事が恋人、などと言う気はなかったが、仕事以外に気持ちが昂《たか》ぶることもなかった。

「おもしろい」

「え？」

「あのボーイ、一晩買ってみるか」

「ええ⁉　な、なにを言ってるの、柏木さん。お金のためならどんな男とも寝るような男なのよ？　柏木さんが相手するような男じゃ……そもそもゲイじゃないでしょう？」

ホステスが焦っている。それもなんだかおもしろかった。あの男を自分が抱くと考えると急にわくわくしてきた。

「俺がゲイなら金なんか使わずに落とすさ。ああいうのはちょっといたぶってみたくなる。

金で買った男なら、雑に扱っても気が楽だ」

　言い訳のように言葉を並べる。

「まあ、S心を刺激するタイプではあるわよね。見てるとイライラするっていうか……」

「女にひどいことはできないからな」

　そう言ってじっと見つめれば、女は頰《ほお》を染める。

「いいわよ、私、柏木さんならひどいことされても」

　すり寄られても気持ちは一向に盛り上がらない。ちらっと恵に目をやれば、また違うテーブルで怒られていた。しゅんと背中を丸めている様を見ると、やっぱり楽しくなる。

　もったいない。あれはボーイをする人間じゃない。用途が違う。適材適所は人を使うものの鉄則だ。ここのママはそういうところにシビアなはずなのだが、なにかわけありなのだろうか。ママも面食いだから、顔の良さに絆《ほだ》されただけかもしれないが。

「きみにそんなことはできないよ。心置きなくストレス発散したいんだ。直接誘ってみるかな……」

　太ももに置かれた手を払うこともなく、柏木はホステスに言った。

「いいわ、私が言っておきます。ちゃんとシチュエーションも伝えておくから……抵抗しても強引に、いたぶってあげてくださいね」

　テンションが上がったのは、女に太ももを撫でられたからじゃない。その様子を想像したからだ。あの男の泣き顔はいいかもしれない。久々に肉欲のようなものを感じる。

その場で行きつけのホテルに電話して、いつもの部屋を押さえておくように言った。ホステスは言動の端々に嫉妬《しっと》をにじませながらもそこに恵を行かせると約束した。

出る時に見回したが恵の姿はなかった。裏方を言いつけられたのかもしれない。黒子として使うにはあまりにもったいない。こんな仕事をしていては宝の持ち腐れだ。

ホストクラブにでも行けば一財産築けるだろうに……と思ってゲイだということを思い出す。

いろいろもったいない男だ。自分がその顔と体、有効に活用してやろう……なんてことを思いながら、柏木はいつになく軽い足取りで店を出た。

二

「これ、柏木さんの忘れ物なの。ホテルまで届けて」

恵はホステスに封筒を渡された。

柏木が帰る時にもう一度謝れたらと思っていたのに、いつの間にかいなくなっていた。がっかりしていただけに、このお使いは降って湧いたラッキーだった。

「大事なお客様だから、粗相のないように。絶対、怒らせないで」

念を押されたのは、実際に粗相をしているからで、いろいろ訊《き》きたいと思っていることを見抜かれたからではない、はずだ。

質問はひとつにしよう、と恵は心に決める。

「はい、わかりました」

笑顔で答え、黒いスーツの上を脱ぎ、代わりに薄紫のカーディガンを羽織って店を出た。

質問を吟味しながら、恵は少し浮かれていた。なにより自分の作ったものを使ってくれている人がいたことが嬉しくてならなかった。

もちろん売れていった物の数だけ、そういう人はいるはずなのだけど、前にいた工房は販売店を通していたので、客と直接顔を合わせることはほとんどなかったのだ。

柏木が泊まっているというホテルは、歴史ある有名ホテルだった。そして指定された部屋はかなりの高層階にあった。つまり部屋のレベルも高いということだろう。

なんにしろ、高級が好きな人なのだな、と思う。そういう人に気に入ってもらえたんだ……と思うと、また心が浮き立った。

なぜ柏木がホテルにいるのかは深く考えなかった。飲んで帰るのが面倒だという人もいるし、明日の仕事が早いから泊まるという人もいる。柏木はどこかの会社の社長だと聞いていたので、ビジネス関係の理由なのだろうとぼんやり思った。

恵は高校を卒業してすぐに革細工の工房に入って修業していたため、世間のことには少々疎い。革以外に興味があることといったら、実の兄のことくらいだった。友達とも疎遠になっているので、ビジネスマンの仕事というのはドラマで見た程度の知識しかない。それも兄の出ているドラマに限る。

恵の兄は連続ドラマで主役を張ることもある売れっ子俳優だ。子供の頃から美形兄弟だと言われてきたが、顔の系統はまったく違う。

恵がヨーロッパの王子様顔なら、兄は日本男児の男前顔。母方の祖母の北欧の血が、恵には色白で儚《はかな》げな風貌《ふうぼう》に表れ、兄はそれを骨格やはっきりした目鼻立ちに受け継いだ。本当に実の兄弟なのかというくらい似ていない。

恵の髪は金色に近い茶色で緩くウェーブしている。少し長めの髪が、グレーの瞳の優しい面立ちによく似合っていた。身長は高いが、すらりとして威圧感はない。

対して兄は、黒髪を短めに整えていることが多く、キリッとした顔はきつい印象だが、微笑むと甘さがにじむ。百八十を超える長身としっかりした体躯は、特にスクリーンで映えた。

恵はそんな兄の一番のファンを自認している。

恵自身も、街を歩けば必ずスカウトされるというくらい目立つ容姿なのだが、芸能界にはまったく興味がなかった。注目を集めるのは好きではない。

クラブの黒服というのは裏方の仕事で、それなら自分にもできるのではないかと思ったが、そんな甘いものではなかった。

なにをしてもうまくいかない。なんとかものになった革細工職人としての腕も、好きこそものの上手なれ、人よりこつこつ頑張ってやっと自信が持てるようになった途端に、活かす場所を失った。

兄のことにしても、恵はすごく好きなのだが、兄にはすごく疎まれている。嫌われてはいないと思うのだけど……あまり自信はない。

せめて自分の作品だけでも好きだと言ってもらえたら……そんな期待がどこかにあった。

エレベーターを降りると、フロアはシンと静まりかえっていた。ドアとドアの間隔が広い。

聞いていた部屋番号の前まで来て、インターフォンを押した。

「入って」

インターフォンから声がして、カチャッと解錠された音がした。

「失礼します」

ドアを開けて中に入ったが、そこに人影はなく、短い廊下を進むと広い部屋があった。

マホガニーのテーブルやスカイブルーのソファなど美しい家具が揃《そろ》えられていたが、ここもまた無人だった。

「柏木さん？」

右手側にまたドアがあって、それを開けるときれいにメイキングされたキングサイズのベッドが鎮座していた。ここにもソファセットが置かれている。

奥の方からザーッと水音がして、足を向けると広い洗面スペースがあり、バスルームへの扉があった。それをノックする。

「お邪魔してすみません。あの、書類をお届けにきたんですけど……」

声をかけるとドアが開いて、柏木の姿を見る前に、腕を摑《つか》まれて中に引きずり込まれた。

「え？」

目の前に水も滴るいい男が立っていた。たくましい胸板に目が行き、目の端で全裸であることを確認して目を逸《そ》らす。摑まれた肘のところが濡《ぬ》れて冷たい。

これはいったいどういう状況なのか。今のところ粗相しているのは自分ではないはずだ。広いバスルームは片隅にガラスで仕切られたシャワーブースがあり、シャワーの水は出しっぱなしでブースの中は湯気で白くかすんでいる。

「シャワー浴びるか？」

「え？　いえ、僕は……」

首を横に振る。なぜシャワーを浴びるなんていう話になるのかわからない。

「ふーん、意外にせっかちなのか？」

「せっかち？」

首を傾《かし》げると腕が伸びてきて、抱き寄せられた。

「あ、書類が……」

「書類？」

胸の前に持っていた封筒が、柏木の胸との間に挟まれて濡れてしまう。これも不可抗力だと、恵は心の中で言い訳する。

柏木は怪訝《けげん》な顔で封筒を手にして中から書類を取り出した。それは短冊状の紙片だった。

「ふん、こんな金額でいいのか？　安売りしすぎだろう……商売が下手だな」

柏木がなにを言っているのかわからず、恵はきょとんとしていたが、柏木が封筒も紙も投げてしまったので、慌ててそれを追う。しかし腰を摑まれて引き寄せられ、顔を上げたら唇

を奪われた。

「ん、んんっ⁉」

恵は目を見開いて、柏木の胸を押し戻したが、それはぴくりともしない。さらに強く抱きしめられて、深く唇を重ねられた。

舌で歯列を撫でられ、ゾクッと背筋に悪寒が走る。それを快感だとは認められず、気持ち悪いと頭の中で繰り返した。

意識のどこかに、怒らせるなというホステスの言葉が引っかかっている。しかし、この状態から相手を怒らせずに逃げるすべなんて思いつけない。裸の胸を拳《こぶし》で強く打ったが、なんらダメージを与えられている気がしなかった。

そのままシャワーブースの中へ連れ込まれる。

「んっ、なんっ⁉」

苦情を言おうとしたら口の中に水が入ってきた。頭上から降り注ぐシャワーに全身がずぶ濡れになる。

「脱ぐ？　脱がせてほしい？」

この人はいったいなにを言っているのだろう？

「か、帰ります」

とにかくここから逃げ出すべく銀のドアノブに手をかけたのだが、強引に引き戻された。

「男なら乱暴に扱ってもOKだと思ったが、抵抗されるとさすがに力があるな。従順に抱かれるのは嫌いか？」

「じゅ、従順にって……そんなの嫌に決まってます！」

「そうか。じゃあ付き合ってやってもいいが、そのきれいな顔に傷は入れたくない。力は加減しろ」

「か、柏木さん？　さっきから言ってることがわから——な、なにするんですか!?」

着ていたシャツの前を力任せに開かれ、ボタンが二つくらい飛んだ。

「こういうのが好きなんだろ？」

「す、好き!?」

本当になにを言っているのかさっぱりわからない。まるで話が嚙《か》み合わない。

呆然《ぼうぜん》としていると、露《あらわ》になった胸を大きな手が撫で回しはじめる。

「やっぱり男だな。きれいだけど」

「や、やめてください！　なにか、勘違いしてませんか？　僕はこんな……あっ！」

胸の粒に舌を這《は》わされた。舐《な》め回されてまたゾクッと体の中をなにかが駆ける。

「なにが勘違い？　ちゃんと感じてるみたいだが」

股間《こかん》を撫でられて息を呑《の》む。感じてるなんて、そんなはずはない。だけど柏木に触られたそこは少し硬くなっている気がした。

恵はぶんぶんと首を横に振った。こんな行為で感じるわけがない。逃げ出そうと再度ドアノブに手をかけたが、今度は背中から抱きしめられて、奥の壁へと方向転換させられた。角に押しつけられ、背後を柏木に取られてしまうと逃げられなくなる。カーディガンとシャツを後ろからはぎ取られ、床に落とされた。すでに衣服も恵自身もすべてびっしょり濡れている。

「後ろの方がセクシーだな。性別はわかるが……とてもきれいだ」

背筋を指でなぞられる。

「は……ぁ……」

ゾクゾクする。その感覚は恵には未知の領域だった。

男に襲われかけた経験はあるが、いつも脱がされる前に逃げることができた。細身でも上《うわ》背《ぜい》があるので抵抗されると手を焼くらしい。しかし特に腕に覚えがあるというわけではないので、ただ単にラッキーだったのかもしれない。

こんなに易々と自由を奪われて、こんなふうに体を撫で回されるのは初めてのことだった。女性としか肌を合わせたことはない。だから当然、背中からのしかかられたこともない。

「もう……もう、やめてください！　離して……」

「無理だな。こんなにやる気なのは久しぶりだ。……やっぱりきみは、もっと高く売ってい い。いくらでも出してやる」

「う、売るってなに⁉　とにかく、触らないで！」

わけがわからない。なぜこんなに話が通じないのか。逃れようとするが、胸をまさぐる手を止めることもできない。

「柏木さんって……ゲイ、なんですか？」

わかるのは自分が男にやられそうになっているということだけだ。こんなに積極的に男を抱こうとしているのだから、これは愚問かもしれない。

「ゲイはきみだろう？　俺はそうだな……社会勉強だ」

柏木は楽しそうに言った。あるわけない、こんな社会勉強。

「僕は、ゲイじゃ……」

ないけれど、店ではそういうことにしている。これは、嘘をついた報いなのか？

「なかなか楽しいよ。新しい扉を開くのは」

腰を抱く手で柏木は器用に恵のスラックスの前を開いた。恵は壁に片手をついて体を支え、片手でなんとかそれを阻止しようとするのだが、うまくいかない。

「そんなの、開かないでくださ……やっ！　イヤッ！」

背骨のラインをたどった指がそのまま下へ、尻の谷間にするりと滑り込んだ。濡れた指は容易に穴の中に潜ろうとする。恵は腰をくねらせてそれから逃れようとしたが、それだけで指を振り払うことはできなかった。

入ってくる。その予感に体がぎゅっと縮こまる。

「イヤ、だっ……やめてくださ……お願っ！」

懇願したが、指はまるで容赦なく中に入ってきた。

「んンッ！」

背筋が反り返り、ガラスの壁に爪《つめ》を立てる。

「きついな……こんなものなのか？」

それが自分への問いかけだとも思えなかった。

「も……イヤ……」

振り払おうとするけど力が入らない。背中に感じる厚い胸板。背後からしっかり抱きしめられると、なぜこんなに力が抜けてしまうのだろう。

「名前……恵、だったよな？」

首筋に囁《ささや》かれる。頷《うなず》くくらいはできたが、する気になれなかった。相手の意思も確認せずにこんなことをする人が、本気で名前を知りたがっているとはとても思えない。

「誰でも……いいんでしょ⁉」

恵は自分の頭を抱えるようにして壁に縋《すが》り、声を絞り出した。

誰でもいいが見た目がよかったから、自分はいつもそういう役回りだ。求められるのは姿形だけで、向井沢恵という個人ではない。

「……そう、とも言い切れないが……」

柏木の指がなにか躊躇《ちゅうちょ》するように止まった。そしてシャワーが止められ、ブースの中は静かになる。

「おまえ、売り、してるんだよな？」

「売りってなに？　さっきからなにを言って……と、とにかく、抜いてくださいっ！」

耐えられなかった。わけもわからずこんなことをされて、すごく嫌なのに、自分が求められていないということになにより傷ついている事実が。

求められているのが自分ならよかったのか？　そんなはずはない。こんなことをされたいなんて思ったことはない。

指はしばらく動かなくて、抜いてくれるのかと期待したのだが、反対の手で前を摑まれた。

「イヤだ！　なんでそんなことっ」

腰を大きくくねらせれば、膝《ひざ》がカクンと折れてその場に崩れ落ちる。その瞬間に後ろから柏木の指が離れ、濡れた床に膝で着地した恵は、くるりと仰向《あおむ》けに向きを変えた。膝を合わせて座り、両手を突き出して柏木を拒む。

「イヤ、です。もうイヤ」

しかし柏木は、そんな障害などものともせずに体を寄せ、濡れて泣いているようにも見える恵の顔をじっと見つめる。

「悪いな、恵……でも今さら、止まらない」

うなじのあたりを摑むと、恵の顎《あご》を上げさせ、再び口づけた。今度のキスは少し優しく、ゆっくりだった。

ただ名前を呼ばれただけで、胸の痛みが和らぐ。しかしそれはほんの少しだけで、それくらいではどうにもならないほど自尊心の傷は深かった。子供の頃から抱え込んでいる、顔だけ、体だけコンプレックスは深い。

柏木の唇が、首筋から胸へと降りていって、小さな粒に吸い付いた。ヒクッと喉《のど》が鳴って、思わず目の前の肩を摑めば、筋肉の確かな手応えがあった。なにか鍛えているのか、自分の筋肉とは手ざわりがずいぶん違う。押し戻そうとしても、やはりぴくりともしない。

なぜこの人は自分の胸なんかを舐めているのだろう。いくらでも相手はいるはずなのに。ただの気まぐれか……いや、この顔が好みなのか。

柏木の手が股間に潜り込んできて、いきなり強く前をしごかれた。

「んっ、あっ！」

なぜか柏木は急に無口になって、言葉遊びがなくなった分、指の動きや舌使いが巧みになった。

こんなことのなにが楽しいのかわからない。そう醒《さ》めて思うのとはうらはらに、体だけが熱くなっていく。柏木の愛撫《あいぶ》に素直に感じてしまう。

抵抗することに疲れてしまった。自分を放棄するのが早すぎるかもしれないけど、逃げられる気もしない。もういいや、と自暴自棄になって、こんなのでも欲しがってくれるのなら……と、卑屈な気持ちが顔を出す。

それでも、両足を大きく開かされた時には抵抗した。

「そ、それは……イヤ、やめて……」

力なく懇願したが、柏木は聞き入れなかった。最後まで恵の要求はなにひとつ受け入れられなかった。

足を持ち上げられ、熱を体内に打ち込まれる。痛みは恐れていたほどではなかった。しかし受け入れがたくて、全身に力が入る。

「う、クッ……」

「ゆっくり、息をしろ」

柏木が発した言葉はそれだけだった。互いの荒い息と、くちゅくちゅと嫌な音がシャワーブースに響く。

背中が痛いと思っていたら、腕が巻き付いて抱き上げられた。そのまま強く揺さぶられて、柏木をさらに奥深くで感じることになる。

「んっ、あっ……ンゥ……」

今まで感じたことのないなにかが体の中を駆け巡り、暴れる。ゾクゾクと体が震えて恵は思わず柏木にしがみついた。

「気持ち、悪……」

声を漏らせば、宥《なだ》めるように柏木の手が恵のものに絡みつき、しごきはじめた。恵は柏木の肩に顔を埋《うず》め、いつの間にか無意識に腰を揺らしていた。

柏木の背中に回した手で、その肌を撫で回す。その手ざわりが恵を落ち着かせ、昂揚させた。

「ん……ンッ、あっ……」

次の瞬間、恵は体を震わせて達していた。

自分の中から気持ちよさの証《あかし》が込み上げるのが、信じられなかった。気持ち悪いと言ったのは強がりでもなんでもなかったのに、体は気持ちよかったと言っている。

呆然とする間もなく、柏木の律動が激しくなった。体が揺れると心まで揺れる。柏木にしっかりと抱きしめられ、安堵感《あんどかん》すら覚えている自分が怖くなった。

心も体も他人のもののように勝手に暴走する。勝手に受け入れようとしている。

柏木が低く呻《うめ》いて自分の中で逐情するのを感じ、恵は心からホッとした。

これでやっと解放される、この理不尽で不可解な状況から。

なのに柏木はキスをしてきた。ひどく優しいキスだった。これはなにかアフターサービス的なものなのか。恵にはまったく必要でないサービスだ。

優しくされるのには慣れてない。ざわざわと落ち着かない気分になる。

柏木が自分の中から抜けて、恵は柏木の顔を見ることができなかった。

よろめきながら立ち上がり、自分の衣服を拾い集める。どれもちろんびしょ濡れだ。

しかしかまわずに着ようとして、柏木に止められた。

「待て。乾かすから」

柏木はフロントに電話しようとしたが、恵が止めた。

「結構です。早く帰りたいので」

一秒だってここにはいたくなかった。苦しくて、悔しくて……恥ずかしい。

確かに嫌だったのに、感じてしまった自分がどうしようもなく嫌だった。

「悪かった。女の戯《ざ》れ言《ごと》を真に受けるなんて、どうかしていた」

柏木は神妙な顔で、恵の顔をじっと見つめながら謝った。見られるのが恥ずかしくて、恵は顔を伏せる。

戯れ言というのはつまり、自分も柏木も、あのホステスに騙されたということなのだろうか。嫌っている自分を騙すのはまだわかるが、柏木を騙してどうするつもりだったのだろう。ばれないと思っていたのだろうか。

「僕が男の人に簡単に抱かれると……？」

「ああ。金で寝る男だと言われて、試してみたくなった。今思えばなぜ信じたのか……。でも、言い訳するわけじゃないが、おまえもそういう雰囲気を出してたぞ？」

「僕が？　いつですか？」

ちょっとムッとして問いかける。男と寝る雰囲気とはどんな雰囲気なのか。

「俺のシガレットケースを触った時の、あのエロい触り方はまずいだろう。それに俺のことをすごく意識していた」

言われると、それは確かに思い当たることだった。しかしまったくの誤解だ。

「そ、それは……あのシガレットケースは僕の作ったものなんです。大事に使ってくれている人に会えて、すごく嬉しかったんです」

ただ嬉しくて浮かれていた。それがこんな結果になるなんて思いもしなかった。

「おまえが作った？　じゃあ革職人なのか？　なんでボーイなんかしている？」

「働いていた工房が潰れたんです。それで、自分で作品を作るにも、材料とか機械とかいろいろお金がかかるから……」

「それで水商売、か。なるほど。安直だな」

返す言葉もない。水商売は危険だとママに散々言われていた。向いていない、とも。確かにその通りだった。考えが甘かったのは間違いない。

自業自得か……深々と溜息をついた恵を、柏木が抱き寄せる。

「さ、触らないでください！」

逃げようとした背後で、ザーッと水音がして、柏木がシャワーのコックをひねったことを知る。離れようとしたが、柏木は恵の腰を抱いたまま、片手でシャワーの湯温を確認している。

「シャワーを浴びて帰れ。それとも俺を入れたまま帰るか？」

とっさになにを言われたのかわからなかった。しかし次の瞬間、真っ赤になる。

「人のこと無理矢理しておいて、し、しかも中で……」

文句を言うのも恥ずかしい。

「お詫《わ》びに俺が掻《か》き出してやろうか？」

「け、結構です！」

柏木はシャワーをザッと浴びるとバスローブを引っかけて出て行った。

ひとりになってホッとして、一通り体を洗ったのだが、それからどうすればいいのか困惑する。四苦八苦しているうちになんとかなったけれど、こういうのを死にたい気分というのだろうと、しみじみ思った。

バスタオルで体を拭《ふ》いて、着るものがないことにはたと気づく。仕方なくバスローブを着て出て行った。

「長かったな」

柏木のニヤニヤ笑いに迎えられて睨《にら》みつける。人を睨むということもかなり久しぶりにしたような気がした。

「服を返してください。濡れていてもいいですから」

「もうすぐ戻ってくるから少し待て」

優雅にソファに座る柏木から遠く離れて立つ。まるで廊下に立たされている生徒のようだが、反省するべきは柏木のはずだ。しかし柏木は少しも悪びれる様子はない。

こんなところにいたくなかった。同じ部屋どころか、目の届く範囲にもいたくない。そう思って部屋を出て行こうとする。

「どこへ行く？」

「ドアの前で待ってます。受け取って着替えてすぐに出て行きますから、気にせずに寝てください」

本当は服を乾かしているところまで行って待っていたい気分だった。

「まあ好きにしろ」

なぜそんなに偉そうなのかと、憤慨しながら柏木の前を足早に通り過ぎようとしたのだが、テーブルの上のものに気持ちを奪われ、思わず足を止めてしまった。

「あの、ひとつだけ訊いてもいいですか？」

「どうぞ」

「このシガレットケース、愛してもらってますか？」

訊いた途端、柏木が口の端を歪《ゆが》めた。

「愛？　悪いが、俺は特定のなにかに思い入れを持つことはない。これは取引先の社長にもらって仕方なく使っているだけだ。ダメになったら躊躇なく捨てる」

なによりもその言葉に一番傷ついた。無理矢理抱かれたことよりもずっと胸に痛かった。

「でも、あのケースはすごくコンディションがよかったし……」

「そんなのはたまたまだろう。俺の皮脂と相性がよかったんじゃないのか？　別にこの場で捨てても惜しくはない」

食い下がって、打ちのめされた。なぜそんなひどいことが言えるのだろう。恵は泣きそうになってうつむいた。

恵のそんな姿を、柏木はじっと見つめる。

「おまえはおかしな奴だな」

その目は、傷ついた恵を堪能《たんのう》しているようにも見えた。

恵はもう柏木に目を向けることなく、逃げるように部屋を出た。外に出るドアの前で立ち尽くす。

――気に入って使ってくれていたのではなかった……。

その事実があまりにもショックだった。愛されていると勝手に勘違いして喜んだから、落差が激しかった。

だけど、これに関しては柏木に非はない。使ってくれているのは、どんな理由でもありがたいことだ。

恵はその場に座り込む。壁に背を預けて、長身を小さくたたみ、うずくまる。体の痛みやだるさはそれほど気にならなかった。どんなに柏木が最悪でも、シガレットケースさえ愛してくれていたら、たぶんそれだけで全部許してしまっただろう。

自分の体をどう扱われるかより、自分の作品を評価してもらうことの方が恵には重要だった。

いつも人に褒められるのは、自分ではなんら努力をしているわけでもない容姿のことだけ。他にはなにもなくて、唯一革の小物に関してだけ少し自信があった。

作品を褒められることは自分を認められること、作品を愛してもらえれば、自分も愛されている気持ちになれる。だからこれは、ふられた気分、なのかもしれない。強姦された上にふられた気分なんて、踏んだり蹴ったりだ。

さほど待つこともなく服は届いて、恵はその場でさっさと着替え、柏木に声をかけることなく部屋を出た。

ホテルのエントランスに出ると、外はまだ真っ暗だった。

朝日はもうすぐなのか、まだ遠いのか。朝日なんてもう差さないに違いないというのが、今の恵の心境だった。

春の空気を少し肌寒く感じた時、黒塗りの車がすっと目の前に滑り込んできた。

「お乗りください」

「え？」

「柏木からお送りするようにと言いつかりました」

「え、いや、僕は……」

「乗っていただかないと私が叱《しか》られてしまいます」

「はあ……じゃあ、よろしくお願いします」

意地を張る気力もなかった。柏木が優しい人だなんて、そんなことは思わない。勝手に期待して裏切られるのは疲れる。これも柏木にとっては、クレームを未然に防ぐアフターサービスのようなものなのだろう。

もしかしたら、柏木も期待したのかもしれない。お金を払って気兼ねなく抱ける男との楽しい夜を。もっといやらしい、激しいことをしたかったのなら自分はかなり期待はずれだっただろう。

お互い様か……なんてことを思っても、なんの救いにもならなかった。

恵が住んでいるのはごく一般的なアパートだ。外壁は少々悪趣味なグリーンだが、それ以外は白い窓枠も、窓からの景色も、日当たりも、だいたい気に入っている。外階段を上がり、二階の一番奥へ。白い扉を開けた中は１ＬＤＫで独り暮らしには充分な間取りだった。

しかし、リビングは雑多な物であふれ、少々手狭に感じられた。そこにあるのは革関係の物ばかり。道具や本、鞣《なめ》した革も床に積んであり、中央に大きめのテーブルがある。リビングというよりは作業部屋だ。

恵はそこを素通りして、寝室に入った。疲れ切ってベッドに突っ伏す。

「すごい……疲れた」

心も体も重い。横になった途端に半端でない疲労を感じた。

あんなこと、初めてされた。男の人に抱かれて自分は、気持ちよかったのだろうか……？ なにがなんだかわからなかったけれど、抱きしめられるのはそんなに嫌じゃなかった気がする。

冷たい革とは違う温かい皮の感触に包まれて、男の広い背を抱きしめて、すごく安堵した。胸にもやもやしたものを抱えて仰向けになれば、兄のポスターと目が合った。こちらをじっと見つめる甘く鋭い瞳に罪悪感を覚える。

男とあんなことをしたなんて知ったら、兄は絶対に怒る。おまえに隙があるからだ、と責められるのは確実だ。

隙は、あったかもしれない。自分の作品を使ってくれている人はいい人だと信じたかった。抱きしめられた時、子供の頃に兄に抱きしめられた安心感を思い出して、力が抜けた。

「ごめん、一緒にしたわけじゃないんだけど……」

兄にそんなことをしてもらったのは二十年も前のことだ。思い出したのが本当にその時のことか、自信はない。ただ、もう少しだけでいいから優しくされたい。スクリーンの中でするような優しい笑みを、たまにでいいから自分にも見せてほしい。

重度のブラコンだという自覚はある。ポスターが四方に張られているこの部屋を見たら、誰もが気持ち悪いと言うだろう。

兄は見かけだけでなく中身も古き良き日本男児で、なよなよしているとか、めめしいとか、そういうのが大嫌いなのだ。

男に抱かれたなんて絶対に言えない。もう少し自分が男らしかったら、ホステスがなにを言おうと、あんな勘違いはされなかったはずだ。

呆《あき》れられてこれ以上距離を置かれるのは悲しい。抱きしめられて兄と重ねたなんて、そんなことを知られたら兄弟の縁まで切られかねなかった。

なぜ一瞬でも兄と柏木が似ているなんて思ったのだろう。体格はたぶん柏木の方が少しよくて、顔もたぶん柏木の方が少し男くさくて、歳《とし》も柏木の方が少し上だ。

……あと数年したら兄は柏木のようになる？

そんなわけない。即否定する。

とにかく兄には内緒にしなくてはならない。軽蔑《けいべつ》されたくない。

恵はまたうつぶせになって兄の視線から逃げた。

「おしり、痛い……最悪」

ぼそっと呟《つぶや》いて目を閉じる。

自分の作品を大切にしてくれている人だから、いい人だなんて甘かった。すごく愛されている革に見えたのに……。

柏木の顔が浮かんで、消えて、あっという間に睡魔に引き込まれる。着替えなくちゃと思ったけれど、次の瞬間には眠りの中にいた。

眠れば忘れる。忘れられる。子供の頃からそうだった。

おまえは幸せな奴だな……と、呆れたように言った兄の顔が、おかしな奴だな……と言った柏木の顔と、夢の中で重なった。

三

翌日、まったく行く気はしなかったが、休むのもなんだか悔しくてクラブに出勤した。

「書類はちゃんと渡しました」

ホステスにはそれだけを言った。

「粗相はしなかったでしょうね？」

「僕は、してません」

ホステスのなにか訊きたそうな顔を無視して仕事に没頭した。集中していたせいか、いつもよりミスが少ないくらいで、いつもの自分のダメさ加減を知ることになった。

「ようこそ柏木様、いらっしゃいませ。ご案内いたします」

「おまえ、意外にタフだな」

出迎えた恵を見て柏木はそう言った。

そんな台詞《せりふ》が出るということは、恵がいるとは思わずに来たのだろう。二日連続で来るなんて珍しい。ホステスに苦情を言いに来たのだろうか。

「あんなの、別にどうってことないですから」

恵は目を逸らしたまま、強がりを口にした。

「へえ、そう」

柏木はニヤニヤ笑ってから、担当の女性を呼ぼうとした恵を制して、「ママを呼んで」と言った。

やはり苦情を言いに来たのかと、納得しながら少し意外な気がした。上に言いつけるようなタイプには見えなかったから。しかし、ホステスの質は店の質だ。言う方が親切なのかもしれない。

ママが柏木の席についたのを見て、昨日のホステスは真っ青になっていた。彼女はどうなることを望んでいたのだろう。こういう結果も恵には自業自得だとしか思えなかった。

しかし、ママも柏木も表情は明るく、会話が弾んでいるようだった。ママが気を許しているのも伝わってくる。旧知の仲という雰囲気に、恵もなにを話しているのか気になった。自分に非はないはずだが、あんなことを知られたいと思う男はいないだろう。

けっこう長く話し込んでいたように感じたが、そうでもなかったかもしれない。

「恵、昨夜は柏木さんのお世話になったの？　飲みすぎて介抱してもらったそうじゃない。そういうことは私にちゃんと言いなさい」

裏に戻ってきたママは恵にそう言った。

「あ、はい、すみません」

本当のことを話されても困るけれど、それは少しずるいと思う。

「あなたにお話があるそうだから、お席について。もう一度ちゃんとお礼を言うのよ？」

「……はい」

ママは、母親代わりという自負があるせいか、恵をすごく子供扱いする。

恵は理不尽な思いを抱えて柏木の席に向かった。本当は顔も見たくない。誤解があったとはいえ、自分を強姦した男だ。礼どころか罵声《ばせい》を浴びせたいのが正直なところ。

「お呼びでしょうか」

座りたくなかったのだけど、促されれば拒否もできない。不自然なほどの距離を空けて横に座った。

「そんなに離れていると、少し大きな声で話すことになるが、いいのか？」

柏木はそんなふうに言って恵の方から近づくよう仕向ける。恵はムッと柏木を睨んだが、その思わせぶりな瞳と目が合った瞬間に、ぶわっと恥ずかしさが込み上げてきた。昨夜のことを鮮明に思い出してしまった。

この男と、自分は……。慌てて目を逸らし、無意味にテーブルを拭く。

だけど柏木はなかなか話しはじめない。ちらっと横を見れば、柏木は懐からシガレットケースを取り出した。長い指が柔らかな革をめくり、中から煙草を一本抜く。それを恵はじっと目で追っていた。

「火」

「え？　あ、すみません」

自分がその所作に見惚《みと》れていたことに気づき、恵は赤くなった。慌ててライターの火を柏木の口元に近づける。

柏木が紫煙を吐き出すと、恵もホッとした。

「おまえは本当に革フェチなんだな」

「そういうわけじゃ……」

「ないことはない、だろ？　まあ、自分の作品が好きだというのは悪いことじゃない。これを俺に押しつけた社長も、気に入っているようだったぞ」

なぜか今さらフォローされている。

「でも、押しつけたんですよね？」

「禁煙したから使ってくれ、とな。眠らせるのはもったいないそうだ」

機嫌を取られているような気はしたが、それでも嬉しくなる。

「おまえに渡し忘れたものがあったから、持ってきた」

せっかく気分が少し浮上したのに、渡された封筒の中の紙幣を見て、また一気に不機嫌になる。

「いりません」

封筒のまま突き返す。

「金を稼ぐために向いてない水商売をやってるんだろう？　あれは事故みたいなものだったが、今のままじゃおまえはやられ損だ。女の嘘を真に受けるなんて、俺も迂闊《うかつ》だった。遠慮せずにもらっておけ」

「いりません」

もらってしまったら、事故が事故でなくなる気がする。恵にもプライドはあった。

「じゃあ、工業用ミシンをどこかから手に入れてきてやろうか？」

「え!?」

思わず色めき立って、ハッと我に返る。釣られてどうする。しかし、それは恵が今一番欲しいものだった。

「どうして僕がミシンを欲しがってるって知ってるんですか……」

「ここのママとは長い付き合いでな」

そんなことを喋《しゃべ》るなんて、かなり信用されているということだろう。口が軽くては、高級クラブのママなんてやっていられない。

「あなたには関係ないことです」

「そうでもない。俺はおまえに興味がある。受け取らないとつきまとわれるぞ？」

「興味？」

「昨夜はとりあえず解放したが、あれでは物足りないと思う程度には、おまえに興味がある。今夜もどうだ？」

柏木は内緒話をするように顔を寄せてきた。確かにあまり聞かれては困る話だが、顔を近づけられるのも困る。

「僕はゲイではないので、あなたの遊びには付き合えません」

きっぱり言ったが、声は小さく逃げ腰だった。

「そういうのは逆効果だぞ。なびかない方が俺は楽しい。これでも気は長い方でな」

「いきなり襲ったくせに」

気が長いようには少しも感じられなかった。

「時間をかける価値があると思えばかける。金で解決できることなら時間をかける必要はない。つきまとわれたくないなら金を受け取っておけ」

どういう理屈なのか。そう言われると、受け取らなくてはならなくなるけど、どうしても受け取りたくなかった。

「僕に時間をかけても無駄です。顔の他には特に取り柄もない、面白みのない人間ですから。すぐに飽きます」

「それを決めるのは俺だ。つまりおまえは、『こんな自分でもかまって』と言っているんだろ？」

「そ、そんなこと言ってませんっ！」

ついのせられて大きな声を出してしまった。店の人間が珍しそうにこっちを見ている。恵はこれまで、どんなに怒られても、難癖つけられても、大声で反論したことはなかった。

「すみません」

「なにを謝る？」

「いや、大きな声を出してしまったので」

「あれくらいで？　おまえは普段よほど自分を抑圧しているとみえる」

「抑圧なんて……」

行儀が悪い、という祖父の声が聞こえる気がするのだ、大きな声を出すと。

祖父は家格にこだわる厳格な人だった。向井沢家は由緒正しき家柄で、ハーフである恵の母が嫁ぐことにも難色を示したらしい。それでもなぜか恵のことは可愛がってくれた。子供の頃の恵の役目は、常に行儀よく、いつも笑顔で祖父の機嫌を取ることだった。

しかしもう祖父はいない。両親も他界した。恵の家族は兄だけになった。祖父に厳しく躾けられた兄は、その反動で俳優になったようなものだが、根本のところは祖父とよく似ている。そして祖父以上に恵には厳しい。

だけど恵に抑圧されている自覚はなかった。もうこれが自分なのだ。

「嫌なら嫌だと大声で主張しろ。俺はそれを屈服させるのが楽しい」

「僕はあなたを楽しませるおもちゃじゃありません」

迷惑がるほど柏木は楽しそうな顔になる。

「俺のポリシーは『本気にならない』だからな。何事も遊び半分だ、安心しろ」

「柏木さん、実は頭おかしいんでしょう？」

柏木の脳の構造が恵にはさっぱりわからなかった。強姦して興味が湧いたから遊びで付き合え、と言われて、同意する人間がどこの世界にいるのだろう。

それでもいいと言わせる自信があるというのか。いったいなにをどうやったらそんなに自信が持てるのかと、恵はそのことに興味を覚える。

「そういえば、向井沢頼《らい》の弟だそうだな？　お兄ちゃんが大好きなのに邪険にされて可哀想《かわいそう》な子なんだと聞いたが？」

急に兄の名を出されて恵は身構えた。名字が珍しいので親戚かと訊かれることはたまにあったが、兄に邪険にされているなんてことは、よほど内情に詳しい者でないと知らないことだ。

「それもママが？」

「仲良しなんだよ」

もしかしたらママはこの男に弱みでも握られているのではないだろうか。

「それこそあなたには関係のないことでしょう」

自分がなにかされるのはかまわないが、兄に累が及ぶのは許されない。絶対に許さない。

「今度、うちの会社がドラマのスポンサーをするんだが、その主演が向井沢頼だ」

「それはよかったですね。兄が主演のドラマなら高視聴率は間違いありません」

恵はにっこり笑って自信満々に言い放った。自分のことでは一度もそんな自信を持てたことはないが、兄のことなら堂々と言える。それは自分に責任がないからではなく、兄が相応の努力をしていることを知っているからだ。

「こりゃまた筋金入りのブラコン……というか、崇拝者だな。明日、そのロケを見学に行くことになっているんだが、おまえも来るか？」

目の前に極上の餌《えさ》が吊るされた。誘っているのがこの男でなかったら速攻で食いついているところだ。

それが餌になるということまでママは話したのだろうか。なぜこの男はそんな餌を吊るしてまで自分を釣り上げようとしているのだろう。

これ以上ない餌に恵は気もそぞろだった。警戒もから回る。

「ど、どこで？」

「篠田町」

「何時から？」

「昼頃だ」

用事はない。しかしこの男とは行きたくない。そのあたりに行けば見つかるんじゃないかと思ったところで、

「ビルの敷地内だ。一般人は入れない」

と、見透かしたように言われた。

悪魔がにやりと笑う。小市民はなすすべもなく膝を折った。

「い、行きたい……です」

なぜ強姦魔にお願いせねばならないのか。悔しかったが見たい欲望が勝ってしまった。

弟なのだから、撮影を見たいなら頼めばいいと言われる。しかし、そんなに気楽なことではないのだ。会いに行くには相応の理由が必要で、ただ見たいからなどという理由では絶対に承知してもらえない。

だけど、撮影しているところを一度でいいから見たかった。ただのファンだ。

柏木が馬鹿にしたように笑ったが、それは見なかったことにする。

「僕はそれでいいから、このお金はしまってください」

ずっとテーブルの上に放置されていた封筒を柏木のポケットにねじこんだ。

「商売が下手だな」

「商売じゃないですから」

呆れたように言われてもこっちが呆れるだけだ。どうも根本的に考え方が違うらしい。自分が絶対正しいと主張する気はないけれど、柏木は少しくらい自分がおかしいのではないかと不安になるべきだ。

しかし、自分を強姦した男から兄のロケ現場に連れて行ってやると言われて浮き浮きしている恵には、人のことをおかしいという権利はまったくなかった。

四

翌日は朝から少し曇っていた。ロケはビルの中だと聞いたが、天候は関係あるのだろうか。晴れじゃないと撮影しないなんて言われたらどうしよう……などと、頭の中はロケの心配ばかりだった。

ロケの開始は午後一時だから、その前に柏木の会社まで来るよう指定された。電車の乗り換えは面倒だったが、まったく苦にならなかった。遠足に行く子供のように楽しみでわくわくしている。なにより久しぶりに兄の顔が生で見られるのだ。

前に会ったのは三ヶ月ほど前、工房が潰れて失業した時だった。なにかあったら連絡しろと言われているので、連絡をした。

つまらないことで連絡すると怒られるし、するべき連絡をしなくても怒られる。失業はするべき連絡だろうと電話したが、どうでもいいと言われるのではと、内心ビクビクしていた。

もちろん失業はすべき連絡で、兄の家に呼び出され今後のことを訊かれた。

お金を貯めて自分で工房を開きたい、と恵は夢を語った。おまえにできるわけないと即座に否定されるのは覚悟していた。

兄はじっと恵の顔を見て、「その方がいいかもな」と言った。恵は少し驚いて、さらに兄が「金は貸してやる」と言ったのを聞いて耳を疑った。ぽかんとしてしまった。

「どうしたの、兄さん」と訊いたら殴られた。

兄の言い分は、「家でちまちまやっていれば、周りの迷惑にもならない。おまえには他に取り柄がないからな」だった。それはその通りなのだろうが、これ以上兄に面倒をかけたくなかった。

高貴なお家柄も今は昔、両親の代には資産も底をつき、ごく普通のサラリーマン家庭になっていた。いや、普通よりも下だったかもしれない。恵が中学三年生の時に両親は事故で亡くなり、住んでいた家を売って借金を清算したら、もうなにも残らなかった。

高校には兄に行かせてもらった。大学も行けと言われたが、勉強は得意ではなかったし、革職人になりたいという気持ちも固まっていた。なによりもう兄の荷物にはなりたくないと思った。

そのままを伝えたら「勝手にしろ」と兄の家を追い出されたのだが、アパートの保証人にはなってくれた。

基本的には優しいのだ。基本的には……。

柏木から聞いていた駅に着き、指定の出口を出ると、言われていたとおり目の前に柏木の会社の入ったビルは建っていた。銀色に光るビルの十七階に上がり、受付で名前を言おうとしたら、「向井沢様ですね、ご案内いたします」と社長室に通された。

シャツに薄いセーターにジーンズという格好の恵は、オフィスという場所にまったくそぐわなかった。社長室は重厚というよりも機能的で洗練された雰囲気だったが、それでも違和感は拭《ぬぐ》えない。

スマートにグレーのスーツを着こなし、高い背もたれの椅子に座る柏木は、ここの主という風格を漂わせていた。

「そこに座って少し待っててくれ」

ソファを指さされ、恵はその隅の方に座る。そこに先ほどの受付嬢がお茶を持って入ってきた。

「なぜきみが……ああ、観賞に来たのか」

「すみません。秘書の方がお忙しそうだったので、私が、と出しゃばってしまいました。社長が仰《おっしゃ》ったとおり、本当にきれいな方で……名乗られる前に声をかけてしまったくらい」

とてもきれいな女性にニコニコしながらきれいだと言われ、恵はどんな顔をしていいのかわからず曖昧《あいまい》に笑う。

「目印にはわかりやすいタイプの顔だよな。それ以外に利用価値もないが」

「えー、ひどいです、社長」

恵が反応するより前に女性が抗議してくれた。

「そう？　事実だと思うけど。……だろ？」

柏木に同意を求められ、恵は困る。その通りだとは言いたくないが、実際はその通りかもしれない。

「はあ、まあ」

曖昧に答えた。

その返事に女性は苦笑して退室していった。

「おまえよく残念な美人って言われないか？」

「言われません……たぶん」

面と向かって言われたことはないが、絶対に言われていないという自信はなかった。顔だけだという自覚はある。

柏木はそれに反論してはこなかった。

仕事の区切りがついたのか、柏木が「行くぞ」と立ち上がった。おとなしくお茶をすすって待っていた恵も、茶碗を置いて立ち上がる。社長室を出ると、来た時よりも社員が増えているように感じた。そしてとてもたくさんの視線を感じる。

柏木はその中を我関せずというように歩いて、恵も後ろに付き従う。受付には先ほどの女性がいて、恵は「ごちそうさまでした」と礼を言う。

「いいえ。またお越しくださいね」

笑顔に笑顔で応えた。

「ナンパしてんじゃねえぞ」

「え、僕はそんなこと――」

「おまえじゃない」

柏木が言うと、女性が不満顔で柏木に文句を言う。

「してませんよ。電話番号を訊いてもいいならそうしますが？」

「ダメだ。言いつけるぞ」

冗談混じりの会話は上司というより同僚の気安さがあった。

「お気に入りなんですね。珍しい」

女性は微笑み、柏木はそれを無視してエレベーターに乗り込んだ。恵も慌てて跡を追う。

扉が閉まる時に女性と目が合って、頭を下げた。

「好みか？」

柏木に問いかけられて、そういうふうにはまったく見ていなかったことに気づく。

「いいえ。とてもきれいな方でしたけど」

「きれいな顔には反応しないか。おまえみたいのはすごく性格のいい女か、悪魔のような女か、極端なのとくっつきそうだよな。今までどっちだ？」

「僕はいい子としか付き合ったことありません」

「なるほど」

「社長さんは、社員の方と仲がいいんですね？　すごくフレンドリーというか」

女性の話をこれ以上振られたくなくて、話を逸らした。

「ああ、あれは起業した時からいる奴だから、付き合いが長い。言っておくが、寝てないぞ。職場の女はつまむと面倒だからな」

「そんなことは訊いてません。つまむとかそういう表現もよくないと思います」

「フェミニスト気取りか？　泣きながら好き、とか言われると断れないタイプだろ？」

「そんなことはない……です」

思い当たる節がないではなかった。泣かれはしなかったけど、泣きそうな顔で押し切られたことならある。

「この顔、利用しようと思ったことはないのか？」

「利用？　なにに利用できるんですか」

「兄貴みたいに芸能人やるとか？　女をたらし込むとか？」

「どちらも苦手なので」

「持ち腐れだな」

「腐るものなら腐ればいいと思いますけど」

「あんまりいい思いはしてないわけか。もったいない。まあ、女に飽きた男に興味もたれたり、嫉妬した女に陥れられたりするのは、不幸でしかないな」

当事者がさらりと言うことではない。柏木にとってはたいしたことではなかったのかもしれないが、恵にとっては最悪の出来事だった。

しかし、その相手と今こうして二人きりでいる自分も、もしかしたら無神経なのかもしれない。

それでも餌が兄でさえなければ来なかった。恵を釣るのにこれ以上の餌はない。

撮影現場は柏木の会社から歩いて一分程度のところだった。近いから見学に来たのだろう。現場とスポンサーの距離感なんて恵にはさっぱりわからなかったが、正直そんなのはどうでもよかった。

撮影スタッフの集まっている場所に近づくにつれ、恵は緊張してきた。柏木の陰に隠れるようにして歩く。

現場は新しく建ったばかりのビルの中庭だった。グレーのタイルが敷かれた中に点々と植え込みがあり、アイビーなどが地を覆う中から、細い落葉樹が伸びている。上は吹き抜けで、いつの間にか空は晴れ渡っていた。ベンチやテーブルなども置いてあり、休憩するには気持ちのいい空間になりそうだった。

比較的幹の太い木を見つけ、その陰に隠れるようにして現場を窺う。頼の姿は今のところ見当たらなかった。

「もっと堂々と見ればいいだろう」

「できれば見つかりたくないんです。怒られるから……。僕のことは気にしないでください」

そんな恵を見て、柏木は呆れた顔になる。しかし、だからこそこれが餌になったのだと納得したようだった。

恵は昨夜、頼に前もって訪問を告げるべきかと考えて、結局しなかった。来るなと言われたら、恵は行けない。見つかって怒られることになっても、この千載一遇のチャンスを逃したくなかった。

柏木は堂々と乗り込んでいって、スタッフの人たちと挨拶《あいさつ》を交わしていた。監督らしき人の近くに椅子が用意され、そこに座る。

そして、キャストが呼び集められた。きれいな服を着たきれいな男女が集まってくる。テレビで見るとあまり違和感を覚えないけれど、生で見るとこんな夢みたいなオフィスあるわけがないと思えた。

キャストを前に柏木が立ち上がる。現実のビジネスマンなのに、夢の世界の住人に混じってもまったく見劣りしなかった。

しかしやっぱり、ダントツだ、と思う。

「向井沢頼です。よろしくお願いします」

外面のいい頼はスポンサーに極上の笑みを見せた。

表面だけの笑みでも頼は格好いい。二十五年も見ているのに、まだそう思える。ブラコンというのは、実に根深い病だ。

「こちらこそよろしく。私は芸能界には疎いんですが、向井沢頼が主演なら高視聴率は間違いなしだと、知り合いに太鼓判を押されまして。楽しみにしています」

「いえいえそんな、買いかぶりです。お知り合いの方にはお礼を……」

謙遜《けんそん》した頼と、ばっちり目が合ってしまった。恵は慌てて木の陰に入ったが、もちろん遅かった。一通りキャストの挨拶が終わって、頼はすぐに恵のところへやってきた。

「隠れても、おまえは無駄に目立つんだよ」

厳しい表情の頼を前に恵は萎縮《いしゅく》する。身長差はそれほど大きくないが、力関係は明らかだった。

「ごめんなさい」

「ここは関係者以外は立ち入り禁止のはずだぞ。まさかおまえ、俺の弟だとか言って……」

「い、言ってない、言ってないよ」

恵は顔の前で両手を振って否定する。迷惑をかけるつもりはまったくないのだ。

「私が連れてきたんだ。デートの途中でね」

いつの間にかそばに来ていて柏木が助け船を出してくれたが、はたして助ける気があるのかどうか。引っかき回しに来たと言った方が正しいかもしれない。

「なにを仰っているんですか社長。デートって、恵はこんななりですが、男で……私の弟です。身内としてその冗談は笑えません」

頼は営業スマイルを取り戻してにこやかに言ったが、不機嫌なのが恵にはわかった。

「男なのは見たから知っているよ、もちろん」

「見た？」

頼のきれいに整えられた眉《まゆ》が寄る。

「に、兄さん、さすがに今は、外見を見れば男だってわかるよ。柏木さんはちょっと誤解を招くような物言いが好きな人なんだ」

慌ててフォローする。やっぱり助け船なんかじゃなかった。

恵は頼の前ではいつもニコニコしていた。それも頼にはヘラヘラするなと不評なのだが、どんな顔をしても好評だったことはなく、試行錯誤した結果、笑顔が一番苦情の語気が弱かった。

誰よりも頼のことをよく見てきた。優しくされたことの何倍も、冷たくされ、邪険にされてきたが、それでもやっぱり好きだった。

「弟と、どういうご関係ですか」

頼は固い声で柏木に問いかける。

「それは後ほど。そろそろ撮影が始まるようですよ？」

スタッフが声をかけていいものか困った顔でこちらを見ていた。

「兄さん、邪魔してごめんなさい。でも一度見てみたかったんだ。僕のことは気にしないで、頑張って」

「別におまえが見ていようとなにも変わらない」

頼はまだなにか言いたそうな顔で戻っていった。

「見事に対照的な兄弟だな。男前で社交的で腹黒そうな兄貴と、優男で内向的でポヤッとした弟か」

「腹黒じゃないし、ポヤッともしてません」

「まあ本人はそのつもりだろうな」

「スポンサー様のお席に戻られた方がいいんじゃないですか？　僕はここでいいので」

これ以上言い合ってもしょうがない。頼の演技を生で見る貴重なチャンスなのだ、うるさくして追い払われたくなかった。

きっと頼が恵に帰れと言わなかったのは、スポンサーの柏木の顔を立てたのだろう。腹黒いとは思わないが、頼が計算高いのは確かだった。しかしそれは、厳しい世界を渡って行くためには必要なスキルだろう。

柏木は用意された席に戻り、恵はスタッフの後ろからそっと頼の演技を見つめる。

頼の役どころは、怪我《けが》でオリンピックの夢を絶たれた元バレーボール選手。諦めて小さな会社に就職したが、人気選手の没落と嘲《あざけ》られ、いろんな困難にも直面し、しかしそれらを持ち前の明るさと根性で乗り切っていくというのが主軸の話だった。

頼はスポーツができたし努力家でもあるのだが、その努力しているところを人には決して見せない。熱血漢の主人公とは正反対のクールな男だ。

しかし、オンエアを見た恵に本当の頼はこうなんじゃないのかと思わせるくらい、その演技は自然で違和感がなかった。

まだ二話分しか放送されていないので、ただの視聴者である恵は先の展開など知るよしもない。これからどんなシーンが撮られるのかも当然知らなかった。

スタートの声がかかり、女性が泣きながら中庭に走り込んできた。休日出勤の設定なのか、他に人の姿はない。女性を追って頼が登場し、女性を後ろからぎゅっと抱きしめた。

それだけで恵はドキドキしていた。見てはいけないものを見たような気分になる。

二人はそのまま喧嘩腰に言葉を交わし、熱血主人公は女性を正面に向き直らせると、やや強引に唇を奪った。

恵は思わず息を呑んでいた。まさかそんなシーンを見ることになるとは思ってもいなかった。初めて生で見る兄の演技がキスシーンというのは、少々刺激が強すぎる。

それもわりと濃厚なキスで、恵にはやけに長く感じられた。しかし目を逸らすのも失礼な気がして、じっと見つめる。

自分がその感触を脳内で再生していることに、しばらく気づかなかった。柏木はもっと激しかった……なんてことを思って、ハッと我に返る。

——な、なんで、あんなのを思い出すんだ⁉

他にキスの経験がないわけではない。だけどキスというのは想いを伝える行為だと思っていたから、恵はいつも優しく大事に口づけた。あんなに強引に激しく奪ったことはない。そうしたいという欲求を抱《いだ》いたこともなかった。

カットの声がして、一番ホッとしたのは恵だったかもしれない。頼も相手の女優も、終わると途端に他人の顔になって、その場からいなくなった。

撤収作業が始まり、人々が忙しく動いている中、恵だけがキスの余韻を引きずっていた。柏木のキスなんて、あれはただの暴力だったのに、思い出すなんて頼に失礼すぎる。

「おい、顔が赤いぞ。おまえ、近親相姦願望でもあるのか？」

柏木を思い出していたところに柏木の声がして、恵はビクッと振り返る。

「あ、あるわけないでしょう⁉」

顔が赤いとしたらそれは、恥ずかしいからだ。芝居とはいえ、兄のあんなシーンを見たら、弟なら恥ずかしく感じるのはきっと普通だ。

「ぬるいキスだったな。まあ、午後九時のドラマじゃあれが限界か」

恵が激しいと思ったものを、柏木はぬるいと言う。確かにこの男のキスは……などとまた思い出しそうになって首を横に振った。

「やっぱり兄さんは格好よかった……」

それは間違いない。だから弟でもドキッとしてしまったのだ。そうに違いない。

「洗脳だな。それも自主的に洗脳されてるよな」

柏木が呆れ顔でこちらを見たが、そんなのは別に気にならなかった。もっと普通の演技を見たかったが、ここでのシーンはもう終わりらしい。

頼に一言挨拶して帰ろうと周囲を見回す。頼が黙って帰るのは問題ないが、恵が黙って帰るわけにはいかない。

「恵」

頼の方から話しかけられただけで、ご褒美をもらったような気分になれる。

「あ、兄さん。とても素敵でした。お邪魔してすみませんでした」

恵が笑顔で言えば、周りに人が集まってきた。

「え、弟さんなの⁉ 似てないけど、美形兄弟ねえ」

「きみ、テレビに出ない？ 頼の弟がこんなに格好いいなんて、絶対数字取れるよ！ 番宣にもなるし、ね？」

一気に話しかけられて鼻白む。こういうのは頼の機嫌を損ねる。ちらっと頼を見れば、顔はニコニコ笑っていたが、目が笑っていない。恵としてはなんとか穏便にこの場を立ち去りたかった。

「あ、あの、すみません僕は……」

「こいつはダメですよ。カメラの前に出ると過呼吸起こしますから」

頼は適当な嘘を言って追い払おうとした。それすらも自分を助けてくれたのだと考えて嬉しくなれる。恵は頼に関することでは、卑屈なのにプラス思考という不思議な精神状態になる。

「え、本当に？」

「あ、はい」

「もったいない……」

ここでもそう言われたが、恵にとってはなにももったいなくない。過呼吸にはならないが、それくらいテレビには出たくない。注目を浴びたくない。そういう人間も世の中にはたくさんいるということを、この業界の人たちは忘れがちだ。

「今日は私の連れなので、出演交渉はうちの会社を通してもらえますか？　高い中間マージンいただきますけど」

柏木がにっこり微笑めば、ひとりが引きつった顔で「社長、あくどいですよー」などと冗談で返したのを皮切りにそそくさと散っていく。

柏木は嫌われているのか、恐れられているのか、周囲には見事に人がいなくなった。

「で？　どういう関係なんですか？」

三人になったところで頼は柏木に問いかけた。

「んー？　デートだって言ったのに、信じてくれてないのかな？」

「もちろん信じていませんよ、まったく」

二人とも笑顔なのが怖い。どうか穏便にと恵は願う。

「はっきり言うね。嫌いじゃないよ」

「それなら恵といるとイライラするんじゃないですか？　ぼーっとしてるし、はっきりしないし」

「確かにぼーっとしてるけど、わりとはっきりしてるんだよ。まあ、きみにはわからないだろうな」

柏木がそう言った途端に、頼の表情が変わった。笑みが滑り落ちた。

「あなたがなにをわかっているというんですか。俺はこいつが生まれた時からずっと面倒を見てきたんです」

頼がどんなことでも負けず嫌いなのだと知っているが、恵は嬉しかった。頼の特別だと言われたような気がした。

「だから、わからないんだ。でもなんだかちょっと羨《うらや》ましいね」

柏木の落ち着き払った言葉に、頼は煙に巻かれたような顔になる。怒るにも意味がわからないのだろう。恵にもさっぱりわからなかった。

「頼！　次、行くよ！」

頼のマネージャーが走ってきて、恵と柏木に頭を下げた。頼は溜息をつき、マネージャーを置き去りにして歩き出す。恵に一言もないのはいつものことだが、スポンサーである柏木にお辞儀のひとつもなしというのは、頼らしくなかった。

「柏木さん、兄さんを怒らせないでください」

「本当に兄貴中心に世界が回ってるんだな。変な兄弟だ」

「余計なお世話です」

確かに柏木には遠慮なくものが言える。だけどそれは、始まりが最悪だったからだ。気を遣う必要がないから。できれば嫌われたい相手だから。

「今日はありがとうございました。貴重な経験をさせてもらえました」

最後の締めとして恵は頭を下げて礼を言った。これで貸し借りはなし、縁も切れる。せいせいすると思いながら、なにか心が引っ張られる感じがした。柏木と繋《つな》がっていた細い紐《ひも》を躊躇なく切断したつもりが、少し思い切りが足りなかったようだ。しかしギリギリ繋がっているそれも柏木がすぐに断つはずだ。

「もう少し付き合え」

柏木は切れかけた部分を摑んだ。

「え？」

「兄貴にデートだと言ったからには、それらしくしないと気がとがめるだろ？」

「いや、それはあなたが勝手に言っただけで……あの、お仕事中ですよね？　社長さんはお忙しいんでしょう？」

「珍しく今日は暇だ。行くぞ」

柏木は恵の腕を摑んで歩き出す。

「え、ちょ、どこに行くんですか？」

「たぶんおまえは好きだと思うぞ」

「え、いや、あの……」

腕を振り解《ほど》くことは可能だったが、引っ張られることがなぜか心地よかった。手を引かれて歩くなんて何年ぶりだろう。

振り回されるのが好きなわけじゃないけれど、たぶん嫌いでもない。今までを振り返ってみても自分から告白したことは一度もなく、お願いされて、じゃあ……というのが多かった。だけどさすがに、男相手に押し切られる気はない。

たぶん柏木は、誤解や勘違いがなければ、あんなことをする人ではない……ような気がしている。ゲイではないというのもきっと嘘ではないだろう。

なぜそう思うのか自分でもよくわからなかった。されたことを考えれば、信じるなんて馬鹿げている。また騙されるぞ、という警告も聞こえるのに振り解けない。

おまえは抜けている——という頼の声が聞こえた気がした。呆れたような、馬鹿にしたような顔も見えた気がした。

だけど、暇だから……などと言い訳して、柏木の車の助手席に乗り込んだ。車が走り出せば不安も加速したが、車窓に目を向ければ、なるようになるかと不安も流されていった。

五

「わー、印傳《いんでん》だ」

高速道路を一時間ほど走って山道を抜け、小さな町に辿《たど》り着く。古い一軒家は、全体が煙で燻《いぶ》されたかのように黒くくすんでとても風情があった。

「俺はちょっと話してくるから、見学させてもらえ」

どうやら仕事を兼ねているらしい。というか、仕事に連れ回されていると言った方が正しいのかもしれない。アポイントは取ってあったようで、柏木は責任者らしき人と一緒に事務所に入っていった。

恵は浮き浮きしながら工房を覗《のぞ》かせてもらう。

「失礼します」

手仕事の現場には、なにか共通した空気がある気がした。大規模でも小規模でも、作っているものや素材が違っていても、そこには人の想いがぎゅっと濃縮されている。甘くはないけど温かく、心が浮き立つけれど引き締まる。久々の空気だった。

『印傳』も革細工の技法のひとつだ。鞣した鹿革に型紙を当てて漆《うるし》で模様をつける。古《いにしえ》から続く伝統技法だが、まるで古さを感じさせない。トンボや小桜などの模様は今でも可愛いと受け入れられるに違いなかった。

「鹿革、柔らかいですね。すごく肌なじみがいい……傷も景色になってて、いいですね」

革を触らせてもらうとやっぱりうっとりして、褒め言葉しか出てこない。

「やっぱりおまえは手つきがエロい」

鹿革を撫でていると後ろから声がして、振り返れば柏木がいた。

「そんなことはないです」

「あるよなあ、お嬢さん」

柏木が恵の相手をしていた工房の若い女性に同意を求めると、女性は困ったように微笑んだ。

それから、和紙の工房に行き、陶芸家の元を訪れる。柏木が代表者と話をしている間、恵は職人の仕事を見学するという、まるで父親の仕事に連れ回される子供という感じだったが、恵は楽しんでいた。

それぞれの場所にはそれぞれのこだわりがあった。作品には、好きという気持ちと誇りが詰まっている。

そういうものを見ていると俄然作りたくなった。革の匂いと吸い付くような手ざわりが恋しくなる。

「次が最後だ。……おまえ、まるで子供が遠足に来たみたいな顔だな」

気分としてはまさにそんな感じだった。柏木への警戒心は完全に消えていた。

「次はどこですか？　なに屋さん？」

恵は子供のように問いかける。

「次は、頼んでいたものを取りに行く」

「頼んでいたもの？」

柏木はニヤッと笑ってそれがなにかは言わなかった。行けばわかるだろうと、恵も無理に答えをせがまなかった。

車内は快適だった。柏木という男はなんにせよ高級なものが好きらしい。車もスポーティだが見るからに高そうだし、この間のホテルもあれはスイートだったのだろう。ホテル自体も高級と言われているホテルだった。そして今日訪ねて回ったところも、品質はよいが値段も高い、という物を作っているところばかりだった。

本物志向で金に糸目はつけない。そんな人間に自分の作品が使われているというのは、少し面映《おもは》ゆい。もらったから仕方なく……という言葉が真実みを帯びて、また胸が痛くなった。

「これもお仕事なんですよね？」

暇だとかデートだとか言っていたのはからかっただけなのだろう。

「悪かったな、デートに仕事を持ち込んで。でも、好きだろう？　おまえ、こういうの」

柏木の決めつける口調には反発したくなるけれど、実際楽しかったし貴重な経験だった。

「別にデートじゃなくていいです。楽しかったし、勉強になったので。ありがとうございました」

自分ではなかなか来ることのできないところばかりで、職人たちの真剣な眼差《まなざ》しに触発され、創作意欲をかき立てられた。自分ももっと追究していきたい、そういう気持ちになった。だから素直に礼を言う。

「あの、シガレットケースをちょっと貸してもらえますか？」

何度か胸ポケットから取り出したのを見たので、持っていることは知っていた。

「なんだ？　革を撫で回したくなったか？」

表現がなんだかいやらしいのは、恵の手つきを揶揄《やゆ》しているのだろう。

「違います」

柏木は運転しながらシガレットケースを取り出し、恵に渡した。受け取った恵は、かぶせの部分をめくって、ケースの前面についている小さめのポケットを見る。ライター入れなのだが、ずっと気になっていたのだ。

「やっぱり、このライターはスリムですよね。カパカパしてる」

「ああ、それはジッポを基準に作ったんだろ？　俺はあれが嫌いでな。でもまあ、ふたをすれば飛び出してもこないから特に問題はない」

確かに一般的なライターで大きめの物を基準にした。柏木のライターは大きさこそジッポと同じくらいだが、とても薄かった。そしてこれも高そうだ……と恵は漠然と思う。実際には大型のテレビが買えるくらいの値段がする代物だった。

「もう少ししぼりましょうか？」

「できるのか？」

「解《ほど》いて縫い直します。ミシンがないから手縫いになりますけど、違和感はないように仕上げます」

同じ色味の糸があっただろうかと考える。道具や材料は前にいた工房でもらったものがけっこうあるが、恵が最低限必要だと思うものにも及ばない。こつこつ揃えてはいるが、なんにせよいいものは高い。

「まあ、これはこれでいい」

柏木は恵の手から、ひょいとシガレットケースを取り上げると胸ポケットに戻した。

心残りのままシガレットケースを見送ったが、次の瞬間窓の外の看板に意識を奪われた。

「え、園川屋《そのかわや》!?」

車はその駐車場に入って停止した。

「知っているのか？」

「もちろんです！　革職人で知らない人なんていません」

恵の頬が紅潮する。今まで以上に目が輝いていた。

「園川屋の、牧田《まきた》さんの鞄《かばん》は僕の憧れなんです。完全受注生産だから実物は滅多に見られなくて、一度見せてもらったことがあるんですけど、やっぱりとても素晴らしかった。雑誌とかで見るたび欲しいなって思うんですけど、僕には全然手の届かない値段で……」

師匠がひとつだけ持っていたのを見せてもらったことがある。デザインはシンプルで機能性に優れ、細部の処理も丁寧で美しく……見惚れたのだ。しっとり滑らかな手ざわりの革は極上で、思い出しただけでうっとりする。

「さっきまで子供みたいだったのが、恋する乙女みたいな顔になった」

柏木が苦笑していたが、そんなものはどうでもいい。早く入れと目で急《せ》かす。

「おまえ本当、革のこととなると容赦ないな」

園川屋の工房はわりとこぢんまりとした、ちょっとおしゃれな普通の民家という感じだった。大きめの窓から中が見えて、そこに飾ってある鞄を見ただけでドキドキする。

木製の扉に柏木が手をかけると、恵は後ろでひとつ深呼吸をした。カランカランとドアベルが鳴って、奥から女性が出てくる。

「いらっしゃいませ。あ、柏木さん、ちょっとお待ちくださいね」

そう言ってまた奥に戻っていった。

「常連なんですか？」

恵は問いながら、目は見本として飾ってある鞄に吸い寄せられていた。

「まあ、作ってもらうのは二度目かな。会うだけなら何度も会ってるが」

「物に思い入れは持たないって言ってたけど、なんだかんだでこだわってません？」

「執着はしないが、いい物はいいと思うさ」

なるほどと思ったが、恵にはそう巧《うま》く割り切れなかった。いい物なら自分の物にしたい、ずっと持っていたいとひとつの物に執着し続ける。それがいいことか悪いことかはわからないが、恵はそうだ。

奥から五十代半ばくらいの男性が出てきた。わりと細身で人の良さそうな顔をしている。

「こんにちは、牧田さん」

柏木の言葉に、この人が牧田かとその顔を凝視する。憧れの人だが、顔を見るのは初めてだった。

「いらっしゃい、できてるよ」

牧田はにっこり笑って不織布《ふしょくふ》の白い袋をテーブルの上に置いた。恵は柏木よりもそわそわしながら袋の中のものの出現を待った。柏木が鞄を取り出すのがいやにもったいぶって感じる。

出てきたダレスバッグに恵はホウッと溜息をついた。

黒みがかった美しい艶《つや》のカーフスキン。表面は流麗な曲線を描き、横から見れば細身のアーチ窓のような形で、しっかり直立してぐらつかない。マチには補強が入っているが野暮ったさはなく、堅牢《けんろう》でいて繊細。そのフォルムの美しさに見惚れる。

「きれいだ……」

横から上から正面から、矯《た》めつ眇《すが》めつ見つめる。

「おまえは本当にわかりやすいな」

柏木はニヤニヤ笑いながらこっちを見ていたが、それは無視して恵は牧田の前に直立した。

「は、はじめまして。牧田さんの鞄、雑誌とかで見てすごく憧れてました。その革の一番きれいな使い方で、細部の処理も美しくて、無駄がなくて、僕が言うのはおこがましいですが、革への愛を感じますっ」

告白なんて今まで一度もしたことがないけど、きっとこれくらい緊張してドキドキするのだろう。ふられる心配をする必要はないから、ちょっと違うかもしれないけど、とにかく想いを伝えたいと気持ちが先走って、自分でもなにを言っているのかよくわからなかった。

「ありがとう。きみは？」

牧田は少し困ったように笑って問いかける。恵は自己紹介しようとしたが、それを柏木が制した。

「その前にちょっとこれを見てもらえるかな」

柏木はそう言って、胸ポケットから取り出したシガレットケースを牧田に渡した。

「そ、それはっ」

恵は慌てて止めようとしたが、柏木に引き寄せられ口を塞《ふさ》がれる。

自分としては気に入っている作品だが、神の前に出されては消え入りたくなる。

「ほう、これね……」

牧田の眼差しがスッと厳しくなった。柔和な表情は客用で、これがきっと革と向き合う時の顔なのだろう。その目にさらされて、背中に嫌な汗をかく。

「なかなかいいね。まだ未熟なところもあるが、基本はできている。センスもいい。なにより情熱が伝わってくる。必要なのは、経験と知識だな」

そう言って、牧田はまた表情を和らげた。

「あ、ありがとうございますっ」

恵は深々と頭を下げる。今の自分には充分すぎる言葉だった。

「きみが作ったのか。何年やってる？」

「あの、津野《つの》工房さんに七年お世話になってました」

「ああ、津野さんのところにいたのか。津野さんもね、腕のいい職人さんだったのに、やめてしまわれたんだよね」

「はい。もう手も動かないし、とおっしゃって……」

経営が厳しかったのも理由のひとつだったが、思うように手が動かなくなって、職人のプライドを保てなくなったことが工房を閉める決め手だった。恵には尊敬できる師匠で、その津野が認めていた牧田もきっと素晴らしい人なのだろうと思っていた。

「そうか……、私より一回りくらい上だったから……残念だな」

しみじみ言う牧田を恵は熱い瞳で見つめる。

「牧田さんは長くいてくださいね」

「お、おう」

牧田は少したじろいだように笑って頷いた。

「じじいタラシ」

その様子を見て柏木がボソッと言った。

「おい、私はまだ働き盛りだ、じじいじゃないぞ。失礼な」

「僕だって普通にお話ししただけで、タラしてません」

二人で文句を言う。

「普通でそれだから問題なんだろ」

柏木は恵の反論を鼻で笑った。

「今はどうしてるんだい？　どこか別の工房に？」

「いえ。津野さんは紹介してやると言ってくださったんですが、できれば自分でと……。でも、ちょっと浅はかだったかもしれないと思ってます」

おまえならやっていけるだろうと津野にも言ってもらって、調子に乗ったのだ。腕とかそういうこと以前のところで足踏みしている。職人としてよりも、社会人として足りないものが多すぎた。

「そうか。うちに余裕があれば雇ってあげられるんだが」

「いえ、そんなつもりじゃ……。未熟者ですが、なんとか自分で頑張っていきます、少しずつですけど」

問題は山積みで途方に暮れてしまうけど、諦める気はない。歩みはのろくても頑張ってみるつもりだ。他にできることも、やりたいこともないから。

「なにかわからないことがあったら訊きに来なさい」

牧田に言われて恵は極上の笑みを浮かべた。

「いいんですか!? ありがとうございます!」

思わず牧田の手を握って、職人の硬い手の感触に嬉しくなる。

「本当、天然でタラすよな……」

柏木は呆れも通り越したというふうに言い、手をしっかり握られた牧田も、指の腹で撫でるようにされて、どうしていいものか苦笑している。

「す、す、すみませんっ」

恵は慌てて手を離した。

「まあ、つい手ざわりを確かめてしまうのは革職人の性《さが》だが……鞣した革だけにした方がいいと思うよ、君の場合は特に」

「すみません……」

なぜ「特に」なのだろうと疑問には思ったが、恥ずかしくて訊けなかった。ただひたすら恐縮するばかりだ。頬が熱くて、顔を隠すようにうつむく。

「牧田さん、工房の中って見せてもらえるんですか？」

今すぐに消えたいくらいだったのに、柏木の言葉を聞いてハッと顔を上げる。

「いいよ。……篤弘《あつひろ》君が人を連れてくるだけでも珍しいけど……いや、いいね」

牧田はニコニコと柏木の顔を見て、柏木は眉を上げるだけで曖昧に流した。

篤弘というのは柏木の名前のようだから、牧田と柏木はかなり親しい間柄なのだろう。しかし恵はそれよりも目の前のことに意識を奪われていた。工房の中を見せてもらえることに比べたら、柏木と牧田の関係などたいした問題ではなかった。

牧田の後について、少し緊張しながらドアの奥に入る。そこはすぐに工房で、大小の機械やテーブルが雑然とある中に、それぞれの作業をしている人が五人ほど見えた。

「うちはデザインから革選び、裁断も縫製も全部自分でやるからね。もちろん私が監修して合格した物しか出さないよ」

作っている物は各々違っていた。ポシェットだったり、ボストンバッグだったり、革の種類も豊富で、恵が見たことのない物もたくさんあった。

「この革は日本製なんですか？　すごく気持ちいい……」

懲りもせずに手ざわりを確かめる。鞣した革ならきっと問題はない。もちろん隅の方を少し触るだけだ。

「日本にも、まだ私が知らない革がある。世界にはもっとたくさんある。知れば知るほど奥が深くなるんだ、この世界は。たぶん一生、勉強させてもらえるだろう。ありがたいよ」

「そうですか。僕はもっと知らないから……知らないことばかりだから、わくわくしっぱなしです」

父親よりも上の人が、まだまだだと言っているのだから、自分なんて産毛のひよこだ。これから出会いがいっぱいあって、これからもっと作りたいものが増えていくだろう。そう思えることが嬉しい。

ここぞとばかりにたくさん質問する恵に、牧田は嫌な顔もせずに教えてくれた。もちろん忙しいことはわかっているので、長居はしない。柏木の鞄を大事に抱えて車に乗り込む。

車の中に匂いが充満し、呼吸するだけでも幸せ気分を味わえる。しかしやっぱり見たくて仕方なくて、柏木の許可を得て鞄の口を開け、中の隅々を、縫い目を、マチの処理の仕方を飽きもせず見つめる。

「鞄に負けるとはな……」

「え？」

柏木の声を聞いて、声だけで問い返す。

「今晩、俺と寝るか、その鞄と寝るかって訊いたら、どうする？」

「そんなの鞄に決まってるじゃないですか。僕はゲイじゃないと言ったはずです」

わざわざ問う価値のある質問だとも思えなかった。考えることもなく即答する。

「だよな。でも、俺のことをちょっといい奴だと思っただろ？　礼に抱かれてもいいってくらいにはなったんじゃないか？」

「こんなにしてくれるのに、見返りも求めないんだから、柏木さんはとてもいい人だと思います」

恵はにっこり笑った。

歳上の男の人相手に、こんなに遠慮なくしゃべれるのは、恵には本当に珍しいことだった。それになんだか楽しい。それが相手のおかげか状況のせいなのかは恵にもよくわからなかった。

そこに携帯電話の呼び出し音が流れる。ドナドナは恵の着信音だった。表示を見て、恵はにわかに緊張する。

「はい」

『恵、今夜うちに来られるか？』

「あ、はい」

『じゃあ、来て』

「あの、何時頃に……」

訊こうとしたら、ツーツーと通話終了の音が聞こえてきた。つまり、さっさと来て待っていろということなのだろう。待たせたらきっと怒られる。

それでも恵は嬉しかった。頼の家に行くのは久しぶりだった。用がないと行けないし、滅多に用はないし、呼ばれることなんてもっと少ない。

恵の表情を見て、柏木は電話の相手を察したようだった。

「兄貴と鞄だったらどっちなんだ？」

「え？　それは……うーん」

「そこは悩むのか」

柏木は笑う。恵はたった一日で柏木を悪い人じゃないと思うようになっていた。それはつまり柏木の思うつぼだ。

「兄と鞄は比べられません。どっちもたぶん死ぬまで好きです」

それは断言できる。その二つを比べることはできないが、その二つだったら自信を持ってずっと好きだと言える。

「すみませんが、どこか近い駅で降ろしてもらえますか？」

「どこだ？　送っていってやる。俺は今日はいい人だからな」

なにか裏があるように感じてしまうのは、最悪の出来事のせいではなく、その表情のせいのような気がする。なにか企んでいるように見えるのだ。

「いえ、いいです。なんならそちらの会社でいいです」

「遠慮するな。というか、言わないなら、どこか山の中で降ろす」

「全然いい人じゃないじゃないですか……。じゃあ、三条の交差点にお願いします」

頼の家の近くを告げる。根負けしたというより、まあいいか、と思ったのだ。この助手席の居心地が、よかったから。

交差点からも、右？　左？　と問われるままに答えて、結局頼のマンションの前まできてしまった。

「今日は本当にありがとうございました。すごく勉強になったし、楽しかっ——」

礼を言っている途中で引き寄せられ、キスされた。唇が重なり、ついばまれる。

「な、なにをっ」

腕を突っ張ってその体を自分から遠ざける。

「その鞄で一晩、だったらどうだ？」

まだ恵の膝の上に載っていた鞄をちらりと見て柏木は言った。

「冗談でしょ。いくらすると……。それにこれはあなたのために作られたあなたの鞄です。そんなことと引き替えにするものじゃありません」

それは自分のことも、鞄のことも馬鹿にしている。自分を一晩好きにする金額より、鞄の値段の方がはるかに高いに決まっているが、比べるべきものではない。

「じゃあ、金に糸目をつけずに俺のためになにか作れ、という依頼と引き替えだったら？」

手首を取られ、また顔が近づく。

「同じことです。僕の作品が本当に欲しくて言ってくださるのなら喜んで作りますが……そうじゃないでしょう？　離してください」

無礼なことを言われているのに、その目にじっと見つめられるとなぜか顔が赤くなる。触れられるとぞくっと肌が粟立《あわだ》った。制御できない自分が顔を出すのが怖い。

早く柏木から逃れたくて恵は努めて冷たい声を出した。

「つれないな」

恵がなにをしても、なにを言っても、柏木はまったく余裕で顔色ひとつ変えない。それが無性に腹立たしかった。遊んでいるだけだということがありありとわかる。

「一度俺にちゃんと抱かれてみろ。気持ちよくしてやるぞ？」

柏木はスッと目を細め、その指を恵の頬に伸ばす。

「け、けっこうです！」

頬にかすかに触れた指を恵は思い切り払いのけた。鞄を柏木の胸に押しつけ、その体を突き放す。

鞄を雑に扱ってしまったことに罪悪感を覚えたが、とにかく早くここから逃げ出したかった。

「お兄ちゃんにいじめられたら泣きにこい」

柏木がそんなことを言った理由はすぐにわかった。車から慌てて逃げ出せば、少し離れたところに頼が立っていた。表情はないが、怒りのオーラが全身から立ち昇っているようで、恵はその場で固まった。

いったいどこから見られていたのだろう。柏木はいつ頼がいることに気づいたのか。

やっぱり柏木はいい人なんかじゃない。最悪だ。

「こんなところで……俺のマンションの前でみっともないことをするな。さっさと来い！」

頼の怒声を久しぶりに聞いた。心臓がきゅっとすくみ上がる。

「ご、ごめんなさい」

恵は泣きそうになりながら小走りに頼に近づく。頼は車の中を睨みつけていたが、恵の腕を取ると足取りも荒くマンションへと入る。そしてすぐに手を離し、ついて来いとも言わずにどんどん歩いていく。

恵は慌てて跡を追った。子供の頃から怒った兄の背を追いかけるのは日常だった。手を引いてもらったことなんて数えるほどで、その時も頼はだいたい怒っていた。

でも、心から怒っていることは少ない。たぶんもう、それ以外にどんな顔をすればいいのか、頼自身よくわからなくなっているのだろう。

頼にはできるだけ心穏やかにいてほしいから、恵は会いたくてもなるべく顔を合わせないようにしていた。

だけど今は、本当に本気で怒っている。怒らせてしまった。当然だ。体面を気にしなくてはならない仕事だから、頼は日頃ものすごく節制していて、連続ドラマ中には彼女と会うこともしない。

なのに、弟が自分のマンションの前で男といちゃついていたら……少なくとも頼の目にはそう見えただろうから、怒るのは当たり前だ。今の頼の人気なら、弟のことでもスキャンダルにされかねない。

子供の頃から完璧主義で、誰にも弱みを見せず、負けるのが嫌いで、人に甘えることもない。ダイヤモンドのように硬くて強くてキラキラした孤高の人。

だけどダイヤモンドは火に巻かれたら跡形もなく消えてしまう。そんな脆《もろ》さも以前は感じられた。

頼が俳優になると言い出した時、恵はすごく意外だった。頼と演技というのがまったく結びつかなくて。でも、演技をしている頼を見て納得した。完璧な演技という大義名分の元でなら、感情を解放することができるのだ。頼が普段は絶対にしないはずの表情が、生き生きと画面の向こうで輝いていた。本当は感情が豊かだからこそ、演技もできるのだろう。

頼に俳優は天職なのかもしれない。

その足枷にはなりたくない。護《まも》りたいのに、邪魔ばかりしている気がする。軽蔑されても罵《ののし》られてもかまわないが、縁を切るとだけは言わないでほしかった。

たったひとりの兄弟で、たったひとりの家族だから。

「兄さん、あの……」

なにか言い訳をしようとして、だけどなにも出てこなかった。柏木のことをどう説明すればいいのか。そもそも柏木は誤解を招くようなことばかり頼に言っていたから、今さらなにを言っても信じてもらえないだろう。

「部屋まで黙ってろ」

沈黙を乗せてエレベーターは一気に上昇した。


二十階でエレベーターを降りると空気の薄さを感じる。最初に来た時に、なんか息苦しい、と頼に言ったら、気のせいだと鼻で笑われた。高層階から見下ろす夜景はとても美しいが、ずっと見ていると寂しくなる。だけど頼は、引っ越すたびに高いところに行く。

その寂しさや息苦しさが、頼らしいといえば頼らしい気もするが、時々とても不安になる。無性に抱きしめたい衝動に駆られるのだが、絶対に怒られるから堪えている。

「おまえは柏木社長とどういう関係なんだ？」

頼は着ていた黒のジャケットを白いソファの背に放り、その横にあるリラックスチェアに腰を下ろした。ジーンズをはいた長い足を高々と組んで、説教モードに入る。

恵はその向かいにあるソファにちんまりと腰掛けた。

「クラブのお客さんとボーイ、です」

クラブで働くことは頼にも反対された。

おまえに水商売なんてできるわけがない、と決めつけられ、自分の工房を開くためにお金を貯めたいのだと訴えると、頼は「貸してやる」と言った。金なら貸してやるからやめろと言われ、さすがにプライドが傷ついた。

自分の力でなんとかすると、恵としては珍しく自己主張した結果、「好きにしろ」と突き放された。「迷惑をかけるな」と念を押されていたのに、この体たらくだ。

「クラブの客とボーイがなぜ車の中でキスをする？」

頼の冷静な追及に心臓が縮み上がる気がした。静かな頼は怖い。

「やっぱ、見たんだ……。あれは、その、柏木さんの悪ふざけっていうか……兄さんが見てたから、からかったんじゃないかと、思います。深い意味はない、はずです」

弟と男がキスしているところを見て、兄はどう思うものなのか。なんにせよ不快なことは間違いないだろう。

「合意じゃないと言うのか？」

「それはないです」

「でも今日はずっとあの男と一緒だったんだろう？」

「そうだけど、革工房とかいろいろ見学させてくれて……それだけです」

「なるほど、おまえを手懐《てなず》ける手は心得ているということか。しかし、おまえを手懐けてどうする……って、そうか、あの男はそっちか」

「そっちって……」

「ゲイってことだろ？　口説かれているんだろう？　まさか、おまえもゲイなのか？」

「え、ち、違うよっ。柏木さんも違うって言ってた」

女に飽きた、とも言っていたけれど。

「それは、そう言っておまえを安心させて近づくつもりだったんだろ」

「安心……させる必要は、ないと思うんだけど」

「どういう意味だ？　そういえばあの社長もおまえのことをよく知っているふうな口ぶりだったが……そんなに付き合いが長いのか？」

「あ、いや……顔と名前が一致してからは三日くらいなんだけど」

一昨日まで、たまに来る客という程度の認識で、名前さえよく覚えていなかった。あのシガレットケースがなかったら、もしかしたらああいうことにはならなかったかもしれない。たった三日が濃密すぎて、自分でもたった三日なのかと思う。

「三日？　それであの態度なのか？　まさか……寝たのか？」

頼は怪訝な顔をしてから、とんでもないことを平然と訊いてきた。

「寝!?　え、いや、寝てはない、けど……」

あれは寝たという表現に含まれるのだろうか？　違う気がするのだが、したことは同じかもしれない。頼に嘘はつきたくないが、本当のことを話す気には到底なれなかった。

曖昧な返事に頼の疑いが深まっていくのがわかっても、説明のしようがない。

「夢は自分の力で叶えるとか偉そうなことを言っていたが、まさか男をたらし込んで貢《みつ》がせるってことじゃないだろうな!?」

「ち、違っ」

「おまえみたいなのが金を稼ごうと思ったら、それくらいしかないよな。向井沢の人間が恥ずかしいまねをするな」

祖父を彷彿《ほうふつ》とさせる物言いに恵は萎縮する。

「違う。お金なんてもらってない」

否定の声は小さくなった。

お金を突き返しておいて本当によかった。嘘はつかずに済んだ。しかし頼は恵の言葉に耳を貸す気はないようだった。

「あれでも一応ドラマのスポンサーだし……もう二度と会うな。クラブもやめろ」

結局問題なのは、どちらがたぶらかそうとしているのかではなく、弟とスポンサーの社長が不適切な関係になるということなのだろう。

「柏木さんとは会う予定もないけど、クラブをやめるわけにはいかないよ……」

生活がかかっている。工房にいた最初の数年は修業させてもらっている見習いだったから、給料はギリギリ生活ができるくらいしかなかった。一人前と認められて仕事を任されるようになったのは四年目からで、貯金もまだわずかだった。

クラブで働いていても、ボーイはそれほど給料がいいわけではなく、工房を開く資金を貯めるどころか、生活費と材料費に使ったらほとんど残らなかった。

「明日から俺の付き人をしろ」

「え?」

「仕事をして金をもらうのなら、俺からでもかまわないだろう」

貸してやると言われて断ったからそう言うのだろうけど、素直に頷けなかった。

「でも、僕がそばにいるのは嫌なんじゃ……」

子供の頃からずっとそう言って遠ざけられてきた。

「嫌だな」

頼の即答に恵はやっぱりと思いながらも落胆する。

「それじゃ無理してそんなこと——」

「弟の素行なんか関係ないと言いたいところだが、おまえが現場に来るから興味持ってしまった奴もいる。いろいろ探られて変な噂が立つと面倒だ。おまえに他にできる仕事があるとも思えないし……付き人なら俺が監視できる。迷惑するのも俺だけだ」

「僕は兄さんに迷惑はかけたくない」

「うるさい。おまえはいてもいなくても迷惑なんだよ。俺がやれと言ってるんだ、逆らうな」

「でも……、はい」

尚も反論しようとして睨まれ、頷くしかなかった。

付き人というのがなにをするのかよくわからないけど、たぶん使いっ走りのようなものだろう。同じ使いっ走りでも、頼の世話ができるのなら、恵にとっては夢のようなことだ。ただそれが、頼に忍耐を強いるものなら本意ではない。迷惑をかけず、役に立てばいいのだろうけど、それができる自信はなかった。四六時中そばにいれば、きっと頼は切れる。

でも、そしたらクビにするだろう。それまでのことだ。

ママに電話して事情を話すと、頼がそう言うのなら……と、あっさり引き下がった。突然いなくなられても困らない程度の戦力だったのかと、わかっていたけど少し落ち込む。

『恵がいなくなるのは寂しいけど、よかったじゃない。ずっと頼のそばにいられるんでしょ？』

「あ、うん。ありがとう。お世話になりました。また挨拶に伺います。あの……いや、いいです」

店に出なければ、もう柏木と会うこともないだろう。一言くらいなにか伝言を頼もうかと思ったのだが、言うべきことが見つからなかった。

これっきりだと思うと少し寂しかったが、頼の言うとおり面倒なことになる前に離れた方がいい。出会ってからあまりにも気持ちの落差が激しかったから、すごく関わった気がするけど、実際はたった三日ほどの付き合いでしかない。

振り回されて連れ回されて、強引で迷惑だったけど、勉強になったし楽しかった。体の痛みはまだ少し残っているが、もう貸し借りはなし。今ならきれいにさよならできる。

「明日は朝六時だ。遅れるなよ。遅れたら即クビだ」

「はい」

遅れる気はないけれど、遅れたら一日で失業してしまうらしい。強引に転職させても、きっと切る時は容赦ない。

振り回されるのは運命なのか。振り回されたいから頼が好きなのか、頼が好きだから振り回されるのも嬉しいのか。たぶん後者のはずだが、柏木に振り回されて確信がもてなくなった。

柏木に振り回されるのも嫌ではなかったから……。

「じゃあおやすみなさい。明日からよろしくお願いします」

エレベーターで地上に降りれば、あっという間に闇《やみ》に紛れる。目立たないことに恵はホッとする。頼がいつも注目を浴びていたいのは、強がりの寂しがりやだから。だと思うが、もちろん言わない。

そばにいていいと言われる間はそばにいよう。

恵は微笑んで、心に残る陰を意識的に闇の中に紛れ込ませた。

六

「恵《けい》、コーヒー」

「はい」

初仕事の日はスタジオでのドラマ撮影だった。

頼《らい》には専属のマネージャーがいるので、付き人の仕事はそんなに多くない。荷物持ちと使いっ走り。ボーイとやることはそれほど違わないのだが、仕えるべき相手が頼だけだし、頼のことならわりと先読みしやすい。一緒に暮らしていたから、食べ物や飲み物の好みもだいたいわかる。

コーヒーは自動販売機まで買いに行く。無料で飲めるものも用意してあったが、頼は缶コーヒーが好きなのだ。

芸能界は浮かれた華やかな世界というイメージだが、スタジオには職人たちの工房とよく似た真剣で堅実な空気が流れていた。作り上げられたセットの中に役者が入って、スタートの声がかかった途端にそこが異世界になる。一般の視聴者が見るのは、その作られた世界だけだ。

クラブの方がよほど華やかで浮かれている。店というセットの中できれいな女性と酒を酌み交わし、つかの間、現実の憂さを忘れる。

ボーイとしては役立たずの烙印《らくいん》を押され、挽回《ばんかい》することもできずに終わったが、せめてこちらでは頑張りたい。恵なりに意気込んでいた。

「きみ、頼くんの新しい付き人？　俳優志望なの？」

「え、いいえ」

早く頼のところに戻りたかったが、話しかけられると邪険にもできない。この人が頼とどういう関係なのかわからなくて、曖昧《あいまい》に笑うしかなかった。

「じゃあモデルとか？　アイドルには歳《とし》がいきすぎてるよね」

「いや、あの、僕は……」

どうもこの世界は押しが強い人が多い気がする。役者も、現場を指揮する人間も、そして記者も。視線に力があって、向けられるとなんとなく伏目がちになってしまう。どちらかというと、美術や音声といった裏方の人とは気が合いそうな気がした。

「恵、さっさと持ってこい」

引っかかっている恵に頼が助け船を出す。

「あ、うん、兄さん。これでいいんだよね？」

「ああ」

「兄さん⁉　頼の弟⁉」

　そうして一日が終わる頃には、恵は頼の弟として現場内ですっかり有名になっていた。失業して兄の付き人をしているという噂は、あっという間に広がり、どこか哀れむような目で見られる。

　人に注目されるのは、それがどんな視線でもあまり好きじゃない。できれば作業場にこもってひとりで革と戯れていたい。しかし、恵の願いが叶えられる日は遠そうだった。

　押しの強い人にはお節介な人も多く、なにかと職を斡旋《あっせん》される。もちろん部屋に引きこもってできるような仕事はやってこない。どれも華やかでどこか怪しげなものばかりだ。それをいちいち断るのも難儀だった。

「まあ、こうなるとは思っていたがな……」

　頼も疲れているようだった。たっぷり後悔しているという顔。

「ごめんなさい」

「おまえが謝ることじゃない。イライラするから謝るな」

「うん、ごめ……」

　睨《にら》まれて口を噤《つぐ》む。

「恵君がそばにいると頼は生き生きするね」

頼がセットの中に入っていくと、頼のマネージャーの鈴木《すずき》が恵の隣に立って言った。

「生き生き？　よく怒ってるってことですか？」

「そうだね。普段の頼は怒らない、いつもいい子だ。子っていう歳でもないけど、でもやっぱりいい子って感じなんだよね」

鈴木の言っていることはなんとなくわかるような気がした。柏木《かしわぎ》は恵のことを抑圧されていると言ったけれど、それよりさらに頼は抑圧されている。そんな気がするから、鈴木の言うように自分が捌《は》け口になれているのなら嬉しい。

「頼は無理していい子だけど、恵君はナチュラルにいい子だよね。でも、違う無理がある感じがするな。なにかわからないけど」

鈴木がにっこり笑うから、恵もにっこり笑う。

「僕……無理してます？」

「我慢はしてるでしょう？」

「それはみんなしてるんじゃないですか？」

にこにこ笑いながら話していると、その裏にある感情が隠れてしまって、腹を探り合っているのか、思いやっているのかよくわからなくなる。

「おまえらなんか気持ち悪いな」

戻ってきた頼が、にこにこと向かい合っている恵と鈴木を見て冷たく言った。

「頼、今日の収録はこれで終わりだよ。次は……」

鈴木は表情も変えずに次のスケジュールを告げる。

「ということは、夜は空いているのか？　向井沢《むかいさわ》頼君」

低く通る声がして、三人の視線がそちらに吸い寄せられた。

「柏木さん？」

恵はその端整な顔を驚いて見つめる。ほんの一週間ぶりくらいなのだが、ひどく懐かしい感じがした。

「俺に訊《き》いてるんですか？　それとも、付き人の予定？」

「きみの予定だよ、頼君。今晩お暇？」

柏木はおどけて問いかける。頼を正面に見て、恵には一瞥もくれない。

「あなたが俺に？　なんのご用でしょう？」

頼は挑戦的な笑みを柏木に向け、柏木はあくまで余裕の笑みを返す。

「魅惑的な主演俳優様とゆっくり話がしたくてね。スポンサー権限を利用させてもらおうかと思っているんだが」

「しがない役者は逆らえませんよ。いや、喜んでと言うべきでしたね、失礼」

「正直なのは嫌いじゃない。むしろ好きだよ」

柏木はじっと頼を見つめる。熱さえ感じさせる瞳で。

頼が人の視線を集めるのはいつものことだ。頼は恵が注目されることを嫌うが、それは別に恵の方がより多くの視線を集めるからではない。全部自分に向かせたいだけだ。知るほど興味をなくされる自分と違って、頼は常に視線を集め続ける。それは、頼が相応の努力をしているからで、なにもしていない自分から目が離れていくのは当然だった。

そんなことには慣れているし、一向にかまわないと思っていたのだが、柏木の瞳が自分を映さないことが、ひどく悲しかった。

「主演女優も呼ばなくていいんですか？　男だけでは華がない……ああ、あなたはそれでいいんでしたっけ？　言っておきますが、弟は連れて行きませんよ？」

「もちろんかまわないよ。言っただろう？　きみとゆっくり話がしたいんだって」

頼がわざとのように嫌みな言い方をするのを、柏木はむしろ好ましいというようにソフトに包み込む。

「いいでしょう。受けて立ちますよ」

頼の好戦的な答えにも柏木はにこやかに微笑《ほほえ》み、スーツの胸元からシガレットケースを取り出した。

「社長、すみませんがここは禁煙です」

鈴木が制して、柏木は「ああそうだった、失礼」とすぐ胸ポケットに戻したが、恵の視線はその胸元に釘付けだった。

ちらっとしか見えなかったが、あれは自分の作ったシガレットケースではなかった。革製だったが、だからこそ恵には一目で違うとわかった。そのことに自分でも驚くほどショックを受けている。

シガレットケースなんていつも同じものを持っているとは限らない。気分で変えることもあるだろう。

だけど恵は、柏木に切り捨てられたのだと思った。執着しない、本気にならないという言葉通り、気分が変わればあっさりとなんの未練もなく切り替える。それはシガレットケースでも、話し相手でも。一流のものが好きな柏木らしく、もっといいものを見つければ興味はそちらに移る。

自分よりもいいものを作る革職人はたくさんいる。職人としての腕も、ひとりの人間としても、自分はまだ一流なんてとても名乗れない。すでに主演を何本も張って、業界で認められている頼に比べれば、なにも持っていないに等しい。自分より頼に興味が湧《わ》くのは当然だ。

シガレットケースのことを考えているのか、自分自身のことを考えているのかよくわからなくなってきた。

柏木の視線は頼に、その胸ポケットは知らない誰かの作品に奪われた。いや、奪われたなんて、まるで自分のものだったかのようだ。

なにを自惚《うぬぼ》れていたのだろう。その胸ポケットに自分の作品があることを、どこかで絆《きずな》のように感じていた。柏木の胸で温められているそれが、まるで自分の分身であるかのように思っていたのだ。

自分の勘違いがひどく恥ずかしくて、苦しい。

今夜の予定を決めている二人に背を向け、恵は「荷物をまとめてきますね」と、鈴木に言って控室に向かう。まとめるほどの荷物もないけれど、あの場所にいたくなかった。

頼は控室に戻ってくると窺うように恵を見たが、なにも言わなかった。柏木とは次の仕事の後で会うらしい。

次の仕事は男性向けファッション誌の撮影だった。いろんな服を着てポーズを決める頼をぼんやりと見つめる。

格好いいなあ……というのはいつもの感想なのだが、どこかに今までとは違う卑屈な気持ちが含まれていた。比べるなんて、今までしようとも思わなかった。同じステージに自分をのせたこともなかったのに、頼に比べたら自分は……なんてことを思って溜息《ためいき》をつく。

「きみ、頼の付き人なんだって？　俳優になりたいの？　ちょっと写真を撮らせてくれないかな」

ぼんやりしているところに突然話しかけられて驚く。頼はいつの間にか衣装チェンジに行っていて、スタッフも次の準備にかかっていた。目の前にいるのは、さっきまで頼を撮影していたカメラマンだった。

「あ、いや、すみません、僕はそういうの興味ないので」

慌てて頼の着替えの手伝いに行こうとしたのだが、腕を摑《つか》まれた。

「待って待って、芸能界には興味なくていいんだ。今度写真集を出すんだけど、そのイメージにぴったりなんだよ。ちょっとだけでいい、一日、いや数時間でもいいから撮らせてくれないかな」

自分より一回りも歳上だろう男性に頭を下げられて戸惑う。

「あの、本当に……すみません」

写真集を出すなんて有名なカメラマンなのかもしれないし、むげに断って頼の今後の仕事に差し支えては困る。業界のことはまったくわからなくて、どうすればいいのかもさっぱりわからないが、写真は嫌だった。

「今日、この後はなにか用事がある？」

「え、いえ」

この後はもう仕事はない。頼は柏木と食事に行くことになっていて、なぜか頼に、帰りを頼の部屋で待つように言われている。それが恵はとても憂鬱《ゆううつ》だった。

「どこかで少し話をさせてくれない？　いきなり撮らせてって言われて警戒するのは当然だし、説明を聞いてもどうしても嫌だって言うなら、諦《あきら》めるから」

「……じゃあ、話だけ」

そう答えたのは、ただ単にこの後の予定が欲しかったからだ。被写体になるつもりはまったくなく、なにもせずに待つということから逃げ出したかっただけ。

「よかった。じゃ、これは僕の名刺。また後でね」

カメラマンは感じのいい笑顔で撮影に戻っていった。利用したという罪悪感が込み上げて、すごく申し訳ない気持ちになる。

撮影が終わると、頼はぶつぶつ文句を言いながら、柏木との約束の場所へと鈴木に送られていった。恵は家に持って帰る荷物を渡され、その場に残される。

「行こうか」

カメラマンに声をかけられ、恵は少し躊躇《ちゅうちょ》した。

「あの……やっぱり僕は写真を撮られるのはあんまり……」

「苦手？　そう。でも僕はそういう人ほど撮りたいんだよね。話だけでもさせて」

一度は聞くと言ったので、断るのも悪い気がして付き合う。近くの喫茶店で、これまで撮った写真や、次の写真集のコンセプトなどを説明されたが、その熱意は伝わってきても恵はどこか上の空だった。

今頃、頼と柏木は二人でなにを話しているのだろう。柏木はなぜ頼を誘ったのか。自分はもう飽きられたのか……。

それでも、目くらい合わせてくれてもいいと思うのだ。挨拶《あいさつ》くらいしたって不自然ではない。いや、する方が自然だろう。

その時、カシャッと音がして、恵はハッと視線を上げた。

「すごくいい表情してたから」

一眼レフのカメラを肩に当てて、カメラマンはニッと笑った。

「あの、困ります」

絶対に変な顔をしていたはずだ。卑屈ですごく情けない顔。

「僕の話聞いてた？　なにか違うこと考えてたでしょ？」

「それは……すみません」

それについては反論できなかった。一生懸命話している人に対して失礼だった。でも、勝手に撮るのも失礼だと思う。

「だから、この一枚だけちょうだい。本当はもっとちゃんと写させてほしいんだけど」

「でも僕、変な顔してましたよね？　そんなの、なにに使うんですか」

「写真集に。もちろんモデル代は払うよ」

「え、ダメです。写真集なんてとんでもない！」

恵は驚いて大きく両手を振った。そんな大事なものに載せていいような顔はしていなかったはずだ。

「もちろん、掲載に値しない写真だと判断したら載せないよ。そこは僕の目を信じてほしいな。頼に聞いてくれてもいいけど、これでも写真家としては名の売れた方なんだ」

「でも……」

「僕はね、今のは奇跡の一枚だと思うんだ。フィルムで撮ったから、現像しないと見られないけど、絶対いい写真だよ、自信がある。そう……なんていうか、切ない、恋をしているって顔だったよ」

「こ、恋⁉」

思いがけないことを言われて目を見開く。途端にまたカシャッと。

「桐野《きりの》さん⁉」

カメラマンの名前を呼んで非難するが、それすら撮られる。

「きみは本当にいい表情をするよ。特に切ない顔がいいね。グレーの瞳が神秘的で吸い込まれそうだ。笑顔も撮りたいなあ……。本当にダメ？　絶対ダメ？」

身を乗り出してこられて、恵は思わず引いた。

「ダメ、です」

「そっか……じゃあ、とりあえず今撮ったのだけ。現像してみて使いたいと思ったら、その時にまた連絡するから。それでいい？」

「……わかりました。使えないと思いますけど。絶対、変なことには使わないでくださいね。兄に迷惑がかかるようなことは困ります」

一応、念を押す。

「もちろん。頼を敵には回したくないからね、大丈夫」

桐野は笑顔でそう請け合った。

結局、話は一時間足らずで終わり、恵はその足で頼のマンションへと向かった。もう帰っているということはないだろう。どれくらい待つことになるのか……。そう考えるとまた憂鬱になる。

待つのはあまり好きじゃない。待ちたくないわけじゃなく、待っている時間にマイナスのことばかり考えてしまうのが嫌なのだ。

子供の頃、よく頼に待ちぼうけを食わされた。ここにいろと言われて、ずっと待っていると五、六時間平気で放っておかれた。幼心に捨てられたのかと不安になって、待って待って、迎えにきた頼の顔を見た時には、地獄に仏を見たようにホッとした。泣いたら「泣くな」と怒られ、笑えば「おまえは馬鹿か」と罵《ののし》られ、一度として謝られたことも、待たせた理由を教えてもらったこともない。それでもやっぱり頼が好きだった。

頼はきっと上手なのだ、人の心を……特に恵の心をもてあそぶのが。

不安も安堵《あんど》ももたらすのは頼だった。冷たくされて、心配されて、面倒を見てもらって……。恵の知る誰より努力家で、何事にも手を抜かない完璧主義者。今まで頼より心を惑わせ惹《ひ》きつける相手に出会ったことがない。

でも、今自分はどちらのことを気にしているのだろう。

話していた二人の様子を思い出せば、人の心を操るという点では頼よりも柏木が上手《うわて》のように見えた。柏木の思うようにことが進んだら、もしかしたら頼が柏木に食われてしまう……という可能性が、あるのだろうか？

いや、柏木はゲイではないと言っていたし、頼だっておとなしく食べられてしまうなんてことはないはずだ。馬鹿げた空想だと思うのに、胸が苦しい。

――恋をしているって顔だったよ……。

そんな言葉が脳裏によみがえって、ひとり焦る。

いやいや、恋なんかであるはずがない。ありえない。柏木なんて、男だし、無理矢理あんなことをして、それはチャラにしたけれど、すごい会社の社長らしいし、接点もなければ共通点もない。なにを考えているのかもわからない。なにより自分にはもう興味がなさそうだった。

きっとこの胸の痛みは、柏木に頼を取られたくないからだ。心配だからだ。そうに違いないと決めつける。

窓の外に広がる夜景は、なにも考えずにぼんやりするには向いている。しかし、明かりのひとつひとつを意識してはいけない。どこかの明かりの下では頼と柏木が……なんてことを考えはじめると、また迷宮に入り込んでしまう。

だけど、あの二人で食事って、いったいなにを話しているのだろう……？

色男二人ではあるけれど、恵には殺伐とした様子しか思い描けなかった。


「あなたが俺になんの用ですか」

頼は料亭の一室に入るなり、仁王立ちで言った。

「お行儀が悪いな、お兄ちゃん」

「やっぱり弟のことですか」

苦々しい顔をする頼を、柏木は座敷に座ったまま横目に見上げて観察する。

よくできた顔だ。すっきり整った男前は、ドラマでは大人っぽく優しそうに見えたが、警戒と敵意を露《あらわ》にした今は、まるで子供のようだった。

「まあ座りたまえ」

言えば頼は渋々というふうに向かいの座椅子に座った。

「食事はまだだろう？」

「結構です」

「まったく食べないでは用意してくれた板前に申し訳ない。視界は悪いだろうが、味は確かだ」

頼は溜息をついて料理に向かう。正座して手を合わせるところが育ちの良さを窺《うかが》わせた。弟も、この兄も、それなりに苦労はしているのだろうが、基本的にお坊ちゃんだ。貧乏育ちの柏木とは根本が違う。違うから惹かれるのか、ただ知りたいだけなのか、柏木は自分の言動の根っこにあるものを、まだはっきりと認識してはいなかった。

「恵をどうするつもりです？　あなたはゲイじゃないと恵は言ってましたが、キスしてましたよね？」

椀物《わんもの》で口の中をさっぱりさせてから、頼はズバリ訊いてきた。

「なかなかストレートな問いだね。確かに俺はゲイじゃない。が、恵には興味がある。そしてきみにも興味があるよ」

「俺、ですか？」

気持ち悪いという含みを表情だけで示す。さすが役者という表現力だった。

「きみをどうこうしようとは思っていないよ。ただ面白いと思ってね。きみと恵の対比が」

「対比？」

「愛を求める兄と、愛したい弟、かな」

そしてどちらもいじめたくなるタイプだ。正反対と言ってもいいほど性格の違う兄弟なのに、ちょっと泣かせてみたくなる。

「は？　なにを言ってるんですか。あなたが俺のなにを知っていると……。愛されたいのは恵ですよ。労せずして愛を手に入れてきたから、本人にその意識はないでしょうけど」

取り澄ました顔で頼は否定した。そこに強固な壁がある。しかし、見えない内心の揺れは腕組みをした指先の忙《せわ》しない動きに表れていた。

「労せずして、ね。そう、努力と人に好かれることとは比例しない。ニコニコ笑っているだけでそれを手に入れる奴もいる。頑張っても報われないのは辛《つら》かった？　お兄ちゃん」

同情を示せば、頼はカッときたようで卓に手を突いた。が、そこにお造りが運ばれてきて、頼はあっという間に外面を取り戻す。その鉄壁の外面のよさも育ちから来るもののように柏木には感じられた。せっかく怒らせたのに、実に残念なタイミングだった。

「俺は人に愛されるために努力したことなんてありません。勝手な妄想で人のことを決めつけるのはやめてください」

「そう。じゃあ俺の勘違いかな。あ、食べて食べて」

「お話がそれだけなら失礼させていただきたいんですが」

「余裕がないねえ。そういうとこ、弟の方が器がでかいのかな」

「あいつはボーッとしてるだけです」

「まあそうだけど。器も大きいと思うよ。あのぶれなさ加減とか。愛されるのは気持ちいい、だろう？」

じっと見やれば、頼はイライラと立ち上がった。

「帰ります」

柏木も立ち上がり、頼の前に立つ。キッと睨まれ、顔は似ていないのに恵となにかが重なった。目元か口元か、そんな些細《ささい》なところに同じＤＮＡが刻まれているのかもしれない。

「きみのその隙のなさが愛されにくい原因だよ。頑張りすぎなんだ、もっと気を抜いた方がいい。……ああ、肌質は似てるな」

戯れに頬《ほお》に触れれば、殴る勢いで払われた。

「俺とあいつを比べるな」

「悪いね。兄離れも弟離れもできてないみたいだから、ついひとまとめに分析したくなるんだ」

「もう七年も別々に暮らして、とうにあいつも自立している。今だけを見て、浅はかな憶測でものを言うのはやめてください。迷惑です」

「それは失礼。自立してるって言葉を聞けてホッとしたよ」

いつまでも兄の服の裾《すそ》を握っている弟。だけど弟がそうしているのは、兄の握っていてほしいという望みを感じ取っているから……そんな気がしてならなかった。

読みはたぶん当たった。その手を離させるにはまず兄だ。

「あなた……恵になにをするつもりですか」

「さあ。なにをするか……今考え中なんだよ」

「あいつがどうなろうと俺は知らないけど、スキャンダルになるようなことは困ります」

「それは俺も困るけどね。まあ、ヘマはしないよ」

頼は疑いも露に柏木を睨みつけ、座敷を出て行った。

「楽しい兄弟だ」

柏木は呟《つぶや》き、待機させていた運転手を呼ぶ。

「一緒に食べてくれるか？　途中からで悪いけど」

壮年の男と向き合って続きを食す。かなり景色は悪くなったが味に変わりはない。しかし、前にいるのが美女なら……いや、恵なら味にも影響を及ぼしただろうか。

シガレットケースを目にした瞬間の恵の顔を思い出す。ショックを受けた顔が、自分でも驚くほど気持ちよかった。違うシガレットケースだったのはたまたまだったが、自分のことで恵が傷つくのがひどく心地よいと気づいた。

傷つけたい。だけどそれだけじゃない。

どんな表情も起因は自分であってほしいのだ。

「さて、どうするか……」

柏木は久しぶりに心が浮き立つのを感じていた。

「おかえりなさい。……あの、どうだった？」

恵は頼を出迎え、その顔を見て会食が楽しいものではなかったことを知った。

「どうってなにが!? なんだ、あの男は……スポンサーじゃなかったら殴ってるぞ」

頼らしくもない直情的な剣幕に恵はなにも言えなかった。

「……よりにもよって、この俺とおまえを――」

「兄さんと、僕を？」

恐る恐る先を問う。

「うるさい。そもそもおまえがボーッとしてるのが悪い。なんで俺があんな奴にあんなことを言われなきゃならないんだ」

なにを言われたのかすごく気になるのだが、訊けばまた怒らせるだろう。

頼が脱ぎ捨てたジャケットをハンガーに掛け、湯飲みにお茶を注ぐ。

「あの男はちょっと見目がよければ誰でもいいんだ。絶対誘いにはのるなよ。遊ばれて終わりだぞ」

「いや、もちろんのらないけど……」

いったいどんな話をしたのだろう。なにを言われたのだろう。話の内容も怖いが頼も怖くて、結局恵には訊くことができない。

「とにかく奴に近づくな。いいな？」

「あ、うん」

うなずいたのは、どうせもう関わることはないだろうと思ったからだ。恵から連絡を取る気はなく、それなら必然的に二度と会わないことになる。

「じゃあさっさと帰れ。おまえの顔見てるのもむかつく」

待っていろと言われて待っていたのに、とんだ言いがかりだ。だけど恵は不平を言うでもなくすごすごと帰途についた。理不尽なのには慣れている。

見目がよければ誰でもいい、ということはつまり、柏木は頼のことも誘ったということなのだろうか。ちょっと想像できないのだが……。

誘いにのれば遊ばれて終わりというのは、たやすく想像できた。

あのシガレットケースと一緒だ。気まぐれに使って、気分で変えて、執着はしない。なんでも遊び半分、本気にならないのがポリシー、自分ではっきりそう言っていたのだから、ある意味誠実だと言えなくもない。

なにも始まっていないけど、もう終わったのだ。

自分の家に帰り着くと、急に体が重くなったように感じた。

なにもする気が起きなくて、膝《ひざ》を抱いて椅子に座る。作業台の上の革を撫《な》でさすり、これでなにを作ろうと考えても少しもわくわくしない。こんなのは初めてだ。

この革ならたぶん、キーケースにすると格好いいものができあがるだろう。柏木はキーケースなんて使うだろうか……と、考えた自分に気づいて小さく笑う。

もう会うこともないのに、なにを考えているのか。

今まではなんだって頼に作ったらどんな顔をするだろうと考えた。それが基準だった。

「なんだろう……なんか、疲れる……」

ベッドに横になれば、天井の頬と目が合って慌てて目を逸らす。

寝てしまおうと目を閉じたが、眼裏《まなうら》にはシガレットケースに触れていた長い指がよみがえる。自分の頬に、体に触れた指。そしてあの時の、自分の中に入り込んできた指――。

思い出しただけで背筋がゾクッとして、じわりと体が熱くなった。

『ゆっくり、息をしろ……』

囁《ささや》かれた声を思い出して心が震えた。

――触られたい。まさか……抱かれたい？

無理矢理だったはずだ。ほんの少しも望んではいなかった。男に抱かれたいなんて今まで一度も思ったことはない。でも、女を抱きたいと強く思ったこともなかった気がする。

柏木のせいで目覚めてしまったのだろうか。それともただ、柏木に惹かれているのか……。

どちらにしろ、報われる望みは少ない。

眠れない夜なんて無縁だと思っていたのに、男の指を思い浮かべて熱い体をもてあます。

自分がいけないものに作りかえられたような気がして、柏木を恨めばまた胸が痛くなる。

目を開けると天井から頼が見下ろしていて、罪悪感に押し潰されそうになった。

「ごめんなさい、兄さん……」

自分の中に溢れるものをどうすればいいのかわからず、恵はしっかりと目を閉じて、布団の中で何度も寝返りを打った。

七

変わったことといえば、天井の頼のポスターを剝がしたことだけ。他には特に何事もなく、悶々《もんもん》としたまま日々は過ぎていく。

一週間が過ぎて、思わぬ連絡があった。

「恵、桐野さんから打診があったんだが……写真なんていつ撮られたんだ？」

「桐野さん？　ああ、あのカメラマンの人。……こないだ兄さんの撮影の後で、撮らせてほしいって言われて、それは断ったんだけど、その時に二枚くらい撮られたんだ」

桐野からの電話は頼の所属事務所にあったらしい。恵は所属タレントではないので、一応マネージャーの鈴木が話を聞いて、頼に伝えた。それを今、恵はドラマの撮影が終わった控室で頼から聞いている。

ここ最近ずっと頼は機嫌が悪かったが、今日はさらに悪い。演技に影響しないのはさすがだが、隣に立つ鈴木はかなり迷惑を被っている。もちろん恵もだ。

「俺はそんな話、聞いてないぞ」

「うん、ごめん、忘れてた。使う時には連絡するって言われたけど、使われるわけないって思ってたし……」

いったいどんな顔をしていたのかわからないが、できれば使われたくない。人に見られるのも嫌だけど、それでまた頼の機嫌が悪くなってはいいことなしだ。

「使う時っていうか、もう使うの決まったみたいだけどな」

「え？」

それは話が違う。

「広告に使いたいんだそうな」

「広告？　写真集の？」

「写真集？　いや、酒の広告だとか聞いたぞ。もうプレゼン通ったから、契約したいと言っているらしい」

「酒？　え？　契約って……」

さっぱり話が見えない。

「金の話だろう。ふっかけてやればいい」

「え？　いや、僕はそんなの……断りたいんだけど」

恵が言えば、頼と鈴木は顔を見合わせた。

「難しいだろうな。まあ、マイナーな洋酒の広告らしいから、一般の目に触れることは少ないだろうし、おまえは金が欲しいんだろ？　受ければいい」

頼がそんなことを言うとは思わなくて驚いた。恵が注目されるのはなんにせよ気に入らない人なのに。それだけ断るのが難しいということなのだろうか。

「断ったら、兄さんに迷惑がかかる？」

「直接的にはないが、まあ……いろいろ面倒くさいな。写真を撮られたおまえが迂闊《うかつ》なんだよ。俺に言わなかったんだから、自分でなんとかしろ」

突き放されてしまった。面倒くさいことになれば、頼の機嫌はさらに悪化するのだろう。受けても機嫌は悪くなるに決まっているが、どうやら受けるしかなさそうだ。洋酒の広告なんて、確かにあまり目にすることはないし……と、消極的な気持ちをなんとか前向きにしようとする。

「恵君、うちの社長が、なんならうちに所属するか？　と言ってましたよ。そしたら交渉なんかもこちらでやるけど」

交渉してくれると聞いて少し心が傾いたのだが、

「あの社長は……金の匂いには敏感だからな。それは断れ。どんどん働かされるぞ」

頼の言葉で断ることが決定する。

「じゃあ、先方に恵君の電話番号を教えてもいいかな？」

「あ、はい、お願いします」

「鈴木、こいつに相場とか教えてやって。すぐ足下見られそうだから」

「付き合ってあげないの？」

「いい歳した大人なんだから一人でできるだろ、それくらい」

そう言われれば「はい」と言うしかない。すごく心細かったが、頼の言うことはもっともだ。自分で工房を開こうなどと思っているのに、交渉ひとつできないではダメだろう。

「できるよな？」

頼に念を押されて、恵はにっこり笑って見せた。

「やります。兄さんには迷惑かけません」

安心させたつもりが、頼はムッとした顔になった。

「そう願うよ」

背を向けて控室を出て行く。なにか変だと思ったのは恵だけではないらしい。鈴木と顔を見合わせる。

いつも冷たい頼だが、こういう時はだいたい俺が断ってやるとか、俺が交渉してやるとか、頼りない弟には任せていられないという態度を示してくれるのだが、突き放されて一抹の寂しさを感じる。

とうとう頼にも愛想尽かされたのか……。そう考えて、まだ愛想尽かされていないと思っていた自分に気づく。困った時には頼がなんとかしてくれるという考えがどこかにあったのだろう。甘えていたのだ。

十八歳から独り立ちして働き始めたはずなのに、今初めて社会の中に一人で放り出されたような心細さを感じている。

「しっかりしなきゃ」

気持ちを立て直し、恵は翌日の夕方、桐野の元へと向かった。場所は前と同じ喫茶店。

挨拶をして、話を聞いて、当初と話が違うことに対して苦情を言った。ちゃんとしなきゃと必死で気を張っていた。

「ごめんね。あんまりイメージにぴったりで、どうしても使いたくて……本当、受けてくれて助かった。ありがとう」

そう言って桐野が差し出したのは、その広告の原案だった。こういうのをアンニュイと言うんだろうという感じの、浮かない顔をした自分が虚空を見つめている。淡いセピアの照明は暗く顔にも影が多いのだが、色が白いせいか腕がいいからか、表情はよくわかった。

「きれいだよね……。すごくいい表情だと思わない？」

自分の顔をそんなふうには思えなかった。

「ボーッとしてるだけだと思いますけど」

実際ボーッとしているように見える。ただ、この時自分がなにを考えていたのかは、表情から推測することができた。

たぶん柏木のことを考えていたのだろう。

「コピーはね、『あなたと飲みたい。』って、すごくストレートでね。コピーを聞いた瞬間に、きみのこの写真しかないって思っちゃったんだよね。で、出してみたら、広告代理店の人間も同じ意見で、メーカーでも満場一致で決まっちゃった」

四十すぎと思われる男が、なぜだか浮き浮きと可愛い顔をするから、脱力してしまって文句を言う気にもなれなかった。

モデル代は、鈴木に聞いていた相場の範疇《はんちゅう》だったので、特に異議も唱えなかった。

「でも、これだけですから。僕はそういう仕事をする気はないので」

「もったいないなあ……」

最近そういう言葉をよく耳にする。柏木にも言われたな、と思い出して心が重くなった。この広告を見たら、柏木は妥当な使い道だと言うのだろうか。少しは自分に興味を持ってくれるだろうか……。

「洋酒の広告って、どんなところに出るんですか？」

「主に男性向けのビジネス誌やファッション誌かな。でも、これだったら女性誌にもいけると思うんだよねえ。しかも頼の弟なんて出たら絶対……」

「それは困ります」

慌てて言うと、桐野は微笑んだ。

「わかってる。頼にも言われたから。弟だって出したら殺す的なことをね。優しげな色男の脅しは効くよね……」

それを聞いてホッとする。自分が言っても効力はなさそうだが、頼との約束なら守ってもらえるだろう。頼は単に自分が迷惑だから言ったのだろうが、まだ見捨てられていなかったのだと勝手に解釈する。

「これって本当に、恋をしている顔に見えますか？」

ぼんやり虚空を見つめる顔は、幸せそうにはまったく見えなかった。

「見えるよ。さしずめ切ない片想いってところかな。きみ自身がすごくミステリアスだから、いろんな想像力をかき立てられる。『あなたと飲みたい。』というコピーにすごく奥行きが出るんだ。『あなた』はどんな人間なんだろう？　きみとどういう関係なんだろう？　『あなた』が現れたら、きみはどんな素敵な笑顔を見せてくれるんだろう？　って……続編をすごく撮りたいんだけど」

桐野はまくし立てて、迫ってきた。

「いや、それは……すみません」

「気が変わったら、いつでも連絡して」

そう言い置いて桐野は次の仕事に向かっていった。テーブルの上には資料が残される。

――切ない片想いか……。

改めて写真を見て、この顔がいろんな人の目に触れるのかと思うと猛烈に恥ずかしさが込み上げてきた。

ああ嫌だ……と、顔を覆ったところで携帯電話が鳴った。ディスプレイには知らない番号。誰だろうと通話ボタンを押す。

『柏木だ』

その声にトクンと胸が鳴った。

「あ、はい」

『きみとビジネスの話がしたい。今夜、俺の家に来られるか？』

「え、あなたの家？　ビジネスっていったい……」

『職人として話をする気があるなら来い』

「家に？」

思わず念を押していた。なぜ、家なのか？

『俺のことが信用できないなら来なくていい。住所はメールで送る』

「え？　あの……」

プツッと電話は切れてしまった。恵は呆然《ぼうぜん》と電話を見つめる。夜というのはいったい何時なのか。もう日は暮れているのだが……。やっぱり自分の周りには勝手な人が多い。

そこにメールの着信音が鳴って、見れば住所が記されていた。そこにも特に時間などは書かれていない。

これで柏木の電話番号とメールアドレスと住所をゲットした。が、なぜ柏木が自分のそれを知っていたのかは不明だ。そして、自宅に呼ぶ真意もわからない。

ビジネスの話だというのなら会社でいいだろう。自分を信じるか試そうというのか。それとも、行ったら懲りない奴だと笑われるのだろうか。

信じてもらえなくてもそれは自業自得のはずだ。

でも、どうやら自分は懲りない馬鹿だ。仕事の話だと言われたことを少し残念に思っている。ただ家に来いと言われても、きっと行ったに違いない。

声を聞いただけで会いたい想いが膨らんで、遊び半分でも、使い捨てでも……なんて、危険なことを考えてしまっている。頼とした約束も歯止めにはなりそうになかった。

いったいどこで自分は変わってしまったのだろう。

少し前なら、職人として話をしたいと言われれば大喜びで、家に来いなどと言われれば警戒心でいっぱいだったはずだ。

自分で自分がわからない。

だけど、行かないという選択肢はなかった。うだうだ迷っている時間がないのはかえって好都合で、頼には黙ってその足で柏木のところへ向かう。

柏木の住所には部屋番号がなく、まさかと思ったが一軒家だった。もしかして結婚しているのかと今さらの疑問が湧いてくる。

柏木は三十歳を超えているはずだから、家庭を持っていても少しもおかしくない。それなら男なんて遊び半分でも当たり前だ。

それを見せつけるために家に呼ばれたのだろうか……。

無意識のうちに膨らんでいた期待が、急速にしぼんでいく。

いったいなにを期待していたのだろう……男なのに。

回れ右して帰りたかったが、ビジネスの話だと頭を切り換える。浮かれたまま入っていかなくてよかった。

白と黒のコントラストのはっきりしたモダンな家は、緑に囲まれて建物自体はこぢんまりとしていた。ひとつ大きく深呼吸して、きれいな女性が出てきても驚かない心構えをし、インターフォンを鳴らした。

「来たか」

出てきた柏木はラフな格好だったが、休日のお父さんにしては少々スタイリッシュだった。前髪も下りて、スーツの柏木とはまた違う魅力がある。

にやっと笑った顔を見て、胸をバクバクさせながらも、やっぱりからかわれたのかと不安になった。

「やっぱり、帰ります」

踵《きびす》を返せば、腕を取られた。

「ここまで来てなにを言ってる。おとなしく入れ」

玄関には靴がなく、壁には風景画が飾られ、きれいに片付いていた。やっぱり片付けてくれる誰かがいるのだろうか。

リビングに通され、恵はソファの端に腰掛ける。

「車じゃないよな?」

柏木はそう決めつけて缶ビールを恵に手渡した。

「ビジネスの話なんじゃ?」

「そう警戒しなくても、ビジネスの話だ。少し飲んだくらいで話もできなくなるほど弱いのか?」

「いえ、そんなことはないです」

普段はあまり飲まないが、弱いということはない。今は少しアルコールを入れて気が大きくなったくらいでちょうどいいのかもしれないと、プルトップを開けた。

一口飲めば、冷たさと久しぶりの苦みに喉《のど》がきゅっとなる。ホッと息をつくと、途端に鼓動が走りはじめた。酔いが回るにはいくらなんでも早すぎる。

原因はアルコールではなく、目の前に座った柏木のせいだろう。目が合うと自然に頬が染まる。

「強いってわけでもないみたいだな」

目に見えて赤くなってしまったようだ。恵は恥ずかしくなってうつむいた。その視線の先に黒いローテーブルがあり、柏木はそこに封筒を置いた。促されて中を見ればA4サイズの書類が数枚入っている。

企画書と書かれたそれを読む前に柏木が口を開いた。

「うちがネット通販の会社だってことは知ってるよな？」

「はい」

「今でこそ業界大手に名を連ねるようになったが、最初はとにかく名を売ることに必死で、なんでも取り扱うことを売りにした結果、玉石混淆《ぎょくせきこんこう》の節操ないサイトになった。まあ、それはそれでいいんだが……ちょっと余裕ができたんでな、半分趣味みたいなサイトを別に立ち上げることにした」

「趣味、ですか？」

柏木の趣味というのがピンと来ない。仕事が趣味、という人種だと思っていた。

「そう。こないだおまえに付き合ってもらっただろう？　ああいう日本の伝統工芸や、若手の斬新な商品、価格は高くても品質のいいもの、個性的でここにしかないもの、そういう物を集めて売るんだ。もちろん俺がこの目で見て認めたものだけを」

「ああ、なんだか素敵ですね」

ずっと工房にこもっていた恵には、インターネット通販というものがよくわからない。しかし、伝統工芸のことを知ってもらい、それが買いたい人の手に届くのなら、とても素敵なことだと思う。

恵が前にいた工房は、とことんアナログだった。ほとんどがデパートなど販売店への卸で、カタログ受注が主だった。それでもやっていけていたのは、品質が信頼されていたからだ。知る人ぞ知る、というブランドで、もっと多くの人に良さを知ってほしいと思っていた。

「安いものを多く売るのは意外と簡単だ。だけど高いものは信頼がないと売れない。信頼を得るには時間がかかり、時間をかけるためには金がいる。やっとやりたいことができるだけの金と余裕ができた」

「楽しそうですね」

「まあな。同業者には低俗通販会社が、今さらなにを高尚ぶろうとしているのかと馬鹿にされているが、俺は馬鹿にされるのは嫌いじゃない。絶対に見返す自信があるからな」

柏木の座っているソファが玉座のようにも見える、自信満々の笑み。馬鹿にするのも気力と体力が必要なんじゃないかと、恵はひれ伏す平民のような気分で思った。

「一部の金持ちや作り手側が高尚ぶって、貧乏人にはわかるまいと積極的に一般に広めなかったことも、伝統工芸が衰退した理由のひとつだ。わかる奴にはわかるっていう金持ちの道楽なんかで終わらせるより、それを買うために必死で金を貯める、そういう人に売りたくはないかと頭の固い作家たちを口説いて回った。ディスカウントは絶対にしないと約束して」

インターネットが普及しなければ、知る人ぞ知るで終わるしかなかった物が、今はいろんな人に知ってもらえる。だけどそれをよしとしない人も多い。職人の説得は一筋縄ではいかないだろう。

「大変だったんじゃないですか？」

「ああ。プライドで身を滅ぼしちゃ元も子もないが、プライドをなくしてしまってはいい物はできない。その兼ね合いが難しい」

その通りだと、恵は大きく頷《うなず》いた。

職人のプライドというのは、自分が作った物への自信と責任だ。絶対になくしてはならないが、ただのエゴにもなる危険性もある。

柏木の自信は、なにもないところから自分の手で会社を築き上げた実績がもたらしたものなのだろう。祖父が大事にしていた家格を笑い飛ばすような柏木を、祖父には申し訳ないが格好いいと思う。

人間の格はきっと生まれた家なんかには左右されない。

「おまえ、そこに作品を出してみる気はあるか？」

「え、ぼ、僕の？」

この話に自分が関わるとは思ってもいなくて油断していた。いきなり渦中に巻き込まれて驚く。

「もちろん取り扱うかどうかの審査はする。ダメなら容赦なく落とす」

「やる。やりたい……挑戦したいです！」

無条件に売ってやると言われるより、やりたいと思えた。

「あ、でも……」

現実に立ち返れば、材料も工具も機械も足りないものばかりだ。試作品はかろうじて作れても、続けられなくては意味がない。

ここは頼に頭を下げて資金を借りるしかないのだろうか。いや、安易にこんなことを考えるから、自分は柏木のような自信や風格を持つことができないのだろう。

「やる気があるなら投資してやる。一番を目指す気はあるか？」

柏木は恵の葛藤《かっとう》を読み取ったかのように言った。

「一番？　僕は一番とか、そういうのは……」

投資のことよりもそちらが引っかかった。競うのは好きじゃない。特に創作活動において、誰かに勝つとか負けるとか、そういうことを考えたくなかった。

「自己満足でいいということか？　誰もが満足する品質を目指すより、おまえと趣味の合う一部の人間がいいと思えばそれでいいという考えなら、ちまちまやってろ。俺が集めているのは、自分の仕事に誇りを持っている人間の作品だ」

甘さを指摘される。

「そ、それはもちろん、品質に妥協はしたくない。けど……人と競うようなのは違うと思うんです」

なぜか柏木相手だと普段なら呑《の》み込んでしまう自分の意見を、少々意固地なまでに主張することができる。

「おまえに足りないのはそれだな。誰にも負けないという気概だ。一番を目指さずに最高のものが作れるはずがない。牧田さんを超えようという気概もなしに超えられるわけがない」

「それは……そうかもしれないけど」

「けど？」

「……順位は違うと思う」

「他人がすごいものを作っていたら、それ以上のものをと目指す気はないのか？」

「それは……品質という点でなら、もっと上があるなら目指したい、です」

細部に神が宿ると教えられた。まだ神が宿るほどのものを自分で作り出せたと思ったことはない。そこを極めなくては本当のプライドを持つことはできないのかもしれない。

「それを俺は、一番を目指すと言っているんだ。やる気はあるか？」

「あ、あります」

一番云々《うんぬん》に関してはまだ納得できないところもあるけれど、柏木の言いたいことはわかった。やりたい気持ちは確かにある。認められたいという欲は恵にもある。

「よし、じゃあ早急に、なんでもいいから三点作ってみろ。まずはおまえの腕と感性を見る。多少金はかかってもいいから、今の自分にできる最高のものを作れ。資金は出してやる。商品としての採算は考えなくていい。二週間、時間をやる」

「え、二週間……」

二週間で三点はかなりきつい。あのシガレットケースだって、他の作業と並行してではあったが、着手から仕上げまで二週間近くかかっている。しかも今回は材料や道具から集めなくてはならない。

「当座はこれで足りるか？」

ポンと百万の束がテーブルの上にのせられる。恵は思わず息を呑んだ。

「え？　いや、あの、こんな……」

しどろもどろで受け取りを拒否する。

「なにもやるとは言ってない。投資だ。もちろん回収する」

「でも、ものにならないかもしれないし……」

恵が言うと、柏木は尻ポケットからシガレットケースを取り出した。今日は恵が作った物だった。それを見ただけですごくホッとする。

「投資というのは見込みがあると判断したからするんだ。もし回収できなくてもそれは俺に見る目がなかっただけ。でも俺は自信がある。おまえは、ないのか？」

挑発されて、引き下がれない。

「お借りします。必ず、絶対、お返しします」

百万の束を手に取ったが、ズシッと重かった。途端に手に汗をかく。

「こ、これで、ミシンが……す、すき、梳《す》き機も……」

札束が、欲しかったミシンや革を梳く機械にすり替わる。これだけあればそこそこのものが買えるはずだ。興奮で息がどんどん荒くなる。

「革オタク、だな」

柏木の呆《あき》れたような声にムッと目を向ければ、自分に向けられていた視線の優しさに思わず目を逸《そ》らした。頬が熱い。

「兄貴はごねるんじゃないのか？」

そう問われて、頼に付き人をやめさせてくれと言わなくてはならないことに思い至る。気は重いが、それは伝えるしかない。

「兄さんはわかってくれます。頑固で意地っぱりだけど、基本的には優しい人だから……」

置いてけぼりを食らっても、ずっとずっとずーっと待っていれば迎えに来てくれる。最後の最後には助けてくれる。格好良くて頼りになる、最近は意地っ張りも可愛く思えてきた。

絶対に怒るが、絶対に許してくれる確信がある。

「ブラコン」

「それは、否定しません。……でも、兄さんに二度とあなたと会うなと言われたのに、黙って来てしまいました」

「へえ。それはなぜ？　俺に会いたかったから？」

柏木は茶化すように問いかけた。

「……そうかもしれません」

恵が思うまま答えると、柏木は笑みを浮かべたまま、瞳をスッと細くした。

「いいのか、そんなことを言って。ビジネスの話は終わった。ここからはプライベートだ」

柏木が立ち上がると急に現実が戻ってきた。やっぱり遊ばれたくはない。柏木の顔を見れば胸がドキドキして、流されたくなければ逃げ出すしかなかった。

「じゃあ、帰ります」

恵も立ち上がる。しかし柏木の横を通り抜けなくては帰れない。

「俺に会いたかったんじゃないのか？」

「会えたので」

うつむいたまま足早に通り過ぎようとしたが、柏木は行く手に立ちふさがり、楽しそうに笑う。余裕のある態度が遊び慣れて見えた。恵はふと思い出して訊《たず》ねる。

「あの……兄さんになにを言ったんですか？」

頼にも一応訊いてみたのだが、やっぱり教えてくれなかった。

「お兄ちゃんはなんて言ってた？」

「なにも。ただすごく怒ってて、二度と会うなって言われましたけど」

「なるほど。まあ……可愛い男ではあるな」

その言葉に異議はないが、柏木のなにか思い出すような含み笑いに、胸の奥がモヤッとした。頼を可愛いと表する男は少ない。そう思うなにがあったのか。二人がすごく親密な感じがして、それが少し嫌だった。

肩から提げているショルダーバッグの革のベルトを、胸のあたりでぎゅっと握る。

「頑張ったからといって人に好かれるわけじゃない。愛されるのは難しいなと同情してやったんだが、気に入らなかったらしい」

同情なんて、それは頼には絶対にしてはいけないことだ。

「なにを言ってるんですか!? 兄さんはずっと頑張ってきたから、今たくさんの人に好かれているんです」

「奴のことをよく知らない、不特定多数の誰かにな」

「僕は誰より兄を知ってます。ずっと大好きです」

胸を張って堂々と言ったのだが、柏木はそれを鼻で笑った。

「それが一番きついだろう」

「……え？」

「一番嫌いたい奴に懐かれて、嫌おうとする自分が鬼みたいに思える」

「……」

恵は言い返せなくてうつむいた。

「本当はわかってるんだろ？　複雑な兄心」

「なんでもお見通しみたいに言わないでください。僕と兄さんはもっと……」

そんなに簡単な関係ではない。ちょっと見ただけですべて見切ったように言われるのは心外だった。

「なんとなく似てるんだよ、おまえの兄貴と俺は。わかりたくなくても、なんとなくわかってしまう。ま、奴の方がかなり甘えたの甘ちゃんだけどな」

「柏木さん、兄弟が？」

柏木は兄弟どころか家族の気配すら感じさせない。生まれた時から独りでしたという感じがするが、当然そんなはずはない。

似ている……だろうか？　恵は柏木の顔をじっと見つめる。

「こんな可愛い弟じゃないけどな」

柏木の指が頬に触れて、恵はビクッと固まった。

「おまえら兄弟はそのこんがらがった絆を一度ばっさり切り落とした方がいい。兄離れの手始めに、俺でどうだ？」

迫られて戸惑う。顔が近づいてきて、瞳で追えなくなって、ショルダーベルトをまたぎゅっと握った。

「兄さんにも、そういうことを言ったんですか？　あの男は見目がよければ誰でもいいんだって、言ってたけど。……まさか兄さんを誘ったんですか？」

柏木は自分たち兄弟で遊んでいるんじゃないかと、そんな疑念が生まれて、拭《ぬぐ》えない。

「ああいうのを組み伏せるのも楽しいかもしれないが、主演俳優に怪我《けが》をさせるわけにはいかないだろう？」

否定もされず、軽い冗談というように言われて、恵の心に黒い気持ちが立ちこめる。

「ですよね。僕だったら怪我させても問題ないけど……」

頼ならあんな手荒な扱いを受けることはなかった。なにかの誤解が生じたとしても大事にされるべき人間だ。自分とは違う。

「あれは、悪かった」

柏木の腕が腰に回り、引き寄せられる。体は柏木に包み込まれるが、心にブレーキがかかった。

「もういいです。柏木さんの遊びに付き合ってる暇はないので……帰ります」

その胸を押し戻したが、腕は離れない。

「恵……」

見つめられればドキドキしてしまう自分が悲しくて、悔しかった。

なぜこんなに柏木に囚《とら》われてしまうのだろう。

「柏木さんは、本気にならないのがポリシーなんですよね？」

「ん？　……ああ、そうだな」

「なびかない相手を口説くのが楽しいんでしょうけど、兄さんはやめてください」

遊ぶのなら自分の知らないところでやってほしい。仕事で自分と関わるつもりがあるのなら、余計にやめてほしかった。

「そんなに兄貴が大事？」

「大事です。遊び半分で兄さんを怒らせたり……煩わせるのはやめてください。お願いします」

兄が大事なのも嘘ではない。自分に取り除くことができる障害なら取り除きたい。

「僕で我慢してもらえませんか？」

「我慢？」

「僕じゃつまらないでしょうけど……ダメですか？」

柏木は虚をつかれたような顔になった。まさかそんなことを言われるとは思ってもいなかったのだろう。

自分でもなにを言っているのかと思う。自分が頼の代わりになどなるはずがない。でも、遊びなら自分でもいいんじゃないか。いや、遊びでもいいから自分だけを見てほしいと、そんな独占欲が止まらない。怖いけど止められない。

「そこまでして兄貴を護《まも》りたいって気持ちは……兄弟愛なのか？」

なにを言われたのかわからなかった。兄弟愛でないならなんだと言うのだろう。

「我が身を投げ出すほど、兄貴が好き？」

「好き、です」

柏木の勘違いがなんとなくわかったけど、訂正しなかった。本気にならない柏木に本気になりかけている、そんな自分の心を知られたくなかった。

「俺は別に、頼にそういう気はないんだが……今のところ」

「からかって遊んでるだけ？　それもやめてください」

「兄貴の身代わり、か……。それって、俺が奴の代わりをするってことじゃないのか？」

「え？」

「兄貴はおまえを抱いてはくれないだろう？」

「そ、――」

なにを言っていいのかわからず絶句する。

頼に抱かれるなんて考えたこともなかった。頼は恵にとって愛すべき人で、かけがえのない大切な人だが、そこに肉欲を絡めるなんて考えたこともなかった。

「兄さんの、代わりをしてくれるんですか？」

口が勝手に動いていた。柏木を前にすると、よくわからない自分が顔を出す。今までこんな衝動は感じたことがない。

――なんでもいいから抱いてほしい、なんて……。

「俺が頼の代わりで、おまえも頼の代わりか……不毛だな」

確かに無意味だ。柏木の気が乗らないのも無理はない。離れようとする柏木を、恵は反射的に抱きしめていた。腕の中にその体を感じると、離したくなくなった。

「恵……」

柏木は少し困ったように、縋《すが》りつく恵の体をやんわりと離した。

拒絶を感じて泣きたくなる。代わりでも、もう抱く気にはならないらしい。

「恵、そうじゃないだろ」

柏木の諭すような声に急に恥ずかしくなった。自分の浅ましい欲望を見抜かれたのかと、慌てて逃げ出そうとした。しかし、止めようとした柏木の手が恵のショルダーバッグに引っかかり、バッグは床に落ちてフラップが開いた。中身が飛び出し、摩擦の少ないクリアファイルは柏木の足下まで滑る。

拾おうと手を伸ばした恵よりも先に、柏木がそれを拾い上げた。

「……いい写真だな。いい表情だ」

そこに挟まれていた写真を見て、柏木は言った。商品を褒める口調で言われても気持ちは少しも浮上しない。

柏木は無表情にコンセプトが書かれた紙をめくる。

「へえ、広告。……やっとその顔、有効活用する気になったか」

「こんな僕でも、使いたいと言ってくれる人がいるんです」

自虐的な虚勢を張る。柏木には求められない自分でも求めてくれる人はいるのだと、どうしても言いたくなった。

しかしそれは柏木の機嫌を損ねたようで、こちらを見る柏木の視線は冷たかった。

「なにを考えていた？」

「え？」

「この写真は承諾を得て撮られたものじゃないだろう。写された時、なにを考えていた？」

「なにって……」

桐野に言われた言葉がよみがえる。切ない、恋をしている顔だ、と。そう言われて、柏木のことを思っていたことを思い出したのだ。

「ただボーッと……もしかしたら、兄さんのことを考えていたのかもしれません」

意味のない嘘をつく。あなたのことなんか好きじゃないという虚勢を張っていないと、泣いてしまいそうな気分だった。

「ふーん。まあ、使えるものは使えばいい。この顔も、体も」

どうでもいい他人事《ひとごと》という言葉に傷ついて、恵はバッグを拾い、柏木の手からクリアファイルを奪取して帰ろうとした。

「恵、待て。……代わりをしてやる。おまえには借りがあるからな。この俺が、代役を引き受けてやるよ」

腕を摑まれ、信じられない思いでその言葉を聞いた。

「か、借りなんて、もうないです。いいです、僕が変なことを言いました。気にしないでください」

柏木は怒っているのかもしれない。頼と同じくらいプライドの高い男なのだから、代わりなんて言われたら怒るのは少し考えればわかることだった。

先走る想いに目を塞《ふさ》がれて、馬鹿なことを口走ってしまったのだと今頃気づく。

「遠慮するな。溜《た》まってるんだろ？　いろいろと……」

柏木の目が怖い。やっぱりなにか怒っている。

「ご、ごめんなさい。あの……」

逃げ出そうとしたら抱きしめられて体が強張《こわば》った。

「ちゃんと優しく抱いてやる。頼とは少し違うかもしれないが」

声だけは優しく、耳を囓《かじ》られて体に震えが走った。早く逃げろと心臓が走り出す。だけど足は動かない。

体はその手を欲していた。心も傾いている。でもだからこそ、あなたに抱かれたいと素直に言うことができなかった。

本気になってはダメな相手だ。のめり込んだら痛い目を見るだけ、そんなことは頼に言われなくてもわかっていた。

「シャワーを浴びるか？　そのままがいいか？」

「シャワーを」

問われて即答したのは、頭を冷やす時間が欲しかったからだ。

「そのままだな。その調子じゃシャワーを浴びている間に気が変わる」

逃げられたくないようなことを言われて喜んでいる自分が、なんだか哀れになる。

こんなのはやめた方がいい。よくわかっているけど、こんなに誰かを欲しいと思うのは初めてのことで、うまく自分を制御できなかった。

体に引きずられているのか、想いに引きずられているのか、理性や常識ではブレーキにならなかった。

柏木の手は気持ちいい。素肌を撫でられると心が震える。

リビングで服をすべて脱がされた。真っ赤になってうつむく恵を、柏木はしばし観賞してからベッドルームへと手を引いていく。手を繋がれただけで感じている自分が恥ずかしい。自分がどうなってしまうかわからなくて、怖い。キスをすればまるで恋人同士のような気分になった。深く舌を探り合えば、互いを求めている気持ちになれる。簡単に溺《おぼ》れていく。

柏木の肌を撫でたくて、立ったままその服を脱がせた。上半身を裸にして、胸元に口づける。たくましい胸に拙《つたな》い印をつけると、なぜかひどく興奮した。

「恵……おまえ、エロいな、やっぱり……。やることはガキみたいなのに、顔がエロい。反則だ」

クスクス笑いながら言われて、カッと顔が熱くなる。

「そんなことを言うのも、反則です……」

我に返れば恥ずかしくなって、なにもできなくなった。

わざと正気に返らせているのか。没頭すれば照れは半減されるのに……意地が悪い。

柏木は笑いながら恵の体をベッドに倒した。口づけながら白い肌に手を這《は》わせ、ピンクの粒を指で撫で、くりくりとこねる。

「あ、クッ、んっ……」

体に電気が走って声が溢れた。前はこんなことされなかった気がする。

しかし実のところあまりよく覚えていなかった。あの時は衝撃が強すぎて、ただ蹂躙《じゅうりん》されたという記憶しかない。

なぜ、あんなことをした男を好きになったのか……自分でもさっぱりわからない。

だけど今、もっと触れてほしいと思っているのは間違いない本心だった。触れたいという欲求もとめどなく込み上げる。

「あ、ん……っ」

感じながら、感じさせたくて焦れる。しかし、どうすればこの男を感じさせることができるのか、恵にはさっぱりわからなかった。

「あ、あ、……ヤッ！」

尖《とが》った胸の粒をなぶられ、吸い付かれて体が震える。大きな手が下腹から茂みを撫でて、濡《ぬ》れた竿《さお》を摑んだ。

ゆっくりその手が上下する。時折強く絞られて、恵は高い声を上げて背をのけぞらせた。

「はっ……あ……、ああっ！」

突き出した胸に歯を立てられる。痛いのに、それにも感じて胸をまた突き出す。もっとしろとばかりに。

「恵……美味《うま》いぞ、おまえのこれ」

それは胸の小さい粒で、味などするとも思えない。でも柏木のそれもとても美味《おい》しそうに見えた。

「ぼ、くも……したい。舐《な》めたい」

「フ……いいぞ」

柏木は微笑んで片手で恵の後頭部を持ち上げた。恵は柏木の背に腕を回し、意味のない飾りにしか見えない小さな粒を舐めてみる。

髪に触れる柏木の唇を感じながら、夢中で吸う。なぜか女性のそれに触れる時より、赤ん坊に戻った気分になった。

しかし下を弄《いじ》られると、口がおざなりになる。

「んっ、あ、あぁ……ダ、メ……もうイッちゃ……」

「まだだ、我慢しろ」

ぎゅっと根本を絞られて、その刺激にイきそうになる。だけどイけなくて身悶《みもだ》える。

うっすらと汗をかき、髪が頬に張り付く。

「か、しわぎ……さ、も、……気持ちい？」

潤んだ目で見上げ、まだズボンの中にしまわれているものに手を這わせる。確かに熱を感じ、その硬さに嬉しくなった。

頬を緩めると、柏木の目がスッと細くなる。

「クソ、これは……ヤバイな……」

柏木は困惑したように呟いて恵の唇を奪う。食らいつくように深く唇を合わせ、舌を絡ませる。恵も夢中で応え、唾液《だえき》が交わる。

こんなことを誰かの代わりになんてできない。恵は思うけれど、柏木もそうだとは限らない。自分のことが好き？　と訊きたいのに勇気が出ない。

恵は柏木のズボンのファスナーを下ろした。中の熱いものを下着の上から摑む。ドクンと脈打ったのは、手の中のものか、自分の心臓か。興奮して撫で回す。

「おまえの指使いは本当……」

柏木が息を呑むと嬉しくなった。

「柏木さん……」

瞳でキスを求めれば、少しも待つことなく与えられた。予想以上の激しさに必死で応える。

柏木が全裸になると、恵の胸はさらに高鳴った。

隆々といきり立つものを見て、それを欲しいと思っている自分が信じられない。あれは凶器だと知っているのに……。

柏木がジェルのようなものを手に取り、恵のものを摑んだ。くちゅくちゅと音がして、その手が後ろに滑る。襞《ひだ》をゆっくりと撫でて、中に滑り込んだ。

「んんっ――」

体が思い出した。そこに異物が侵入する恐怖を。

「あ、クッ……イヤ、あっ……」

柏木は恵の声を無視し、そこをほぐしながら乳首に唇を落とした。

指が中でうごめけば、体に力が入った。指の動きが激しくなれば、時が近づいているのを感じて鼓動が速くなる。

期待しているのか、恐れているのか。わからないけど忌避する気持ちはなかった。

「かし……さん、かしわぎ、さん……」

自分が身代わりだなんてことはすっかり忘れていた。

指が抜け、もっと熱くて質量のあるものがあてがわれ、自然とそこに力が入った。

「恵……入るぞ。いいか？」

耳元に熱い吐息で囁かれ、耳朶《じだ》を舐められる。あやすようなその仕草に、恵は力を抜こうと大きく呼吸した。

「ん……」

小さくうなずいて同意を示す。

しかし、自分を切り開かれる恐怖は、理屈ではなかった。またすぐに体はガチガチになる。

「んっ、あっ！　……くぅ……」

息を吐き出すのもままならない。

「痛いか？」

その問いには首を横に振った。痛くはない。ただ怖いだけ。それは歯科医院で歯を削られる時の恐怖心と似ていたが、違うのは期待があること、悦《よろこ》びがあることだ。

「大じょ、ぶ……もっと、していい……」

「無理するな。今日は……ちゃんと、時間をかけてやる。ゆっくりな」

気遣っているというよりは弄《もてあそ》ぶという方が近い声音だった。ゆっくりと恵の中に入ったそれは、内壁を撫でるようにグラインドする。

「あ、あ……」

途端に体の内側から悦びが生まれ、恵は何度も唾《つば》を飲み下した。

乱れる自分を上からじっと見ている柏木を見返して、唐突に思い出す。もう次はないかもしれないのだということを。

それならもっと味わいたい。もっと深く感じたい……。

腰を揺らし、より深く呑み込む。柏木の体を抱き寄せ、自分を擦《こす》りつける。

柏木は恵の目元や耳に口づけながら、恵のしたいようにさせた。

「やっぱり、おまえも男だな。抱かれてても……女を抱いてる気分か？」

夢中で腰を揺らす恵に柏木が問いかけた。

「え……、違、……あの、ダメ、ですか？」

もっとしおらしく、恥じらった方がよかったのだろうか。抵抗をねじ伏せるのが楽しいと聞いた気もする。しかし、今さら思い出しても手遅れだ。

不安になる恵に柏木はフッと微笑んだ。

「ダメじゃない。もっと解放すればいい。自制するな」

そう言って恵を組み敷くと、激しく動きはじめた。貫かれて悦びを感じる。

「あ、ん……っ、んんっ……」

もっとして欲しいのだが、どうすればいいのかわからない。

「どうした？　さっきの……可愛かったぞ？」

からかうように言われて上目遣いに柏木を睨む。

「おまえもしかして……頬を抱く気だったか？」

「は？　ええ？」

まったく思いがけないことを言われてうろたえる。

「そ、そんなはずな……あっ」

不意打ちに中で大きく動かれて息を吞む。

「俺にしとけ……おまえは愛された方がいい」

その言葉は恵の胸を撃ち抜いた。身も心もすべて柏木に持っていかれる。

愛する気もないのにそんなことを言うのはずるい。中毒にして薬を取り上げるような……

恵には柏木が悪魔に見えた。

だけど悪魔はひどく魅力的で、惹かれる気持ちを止めることができない。もっと欲しくて

自分を擦りつけ貫くものを締め付ける。

溺れてはダメだという心の声は聞こえたが、ブレーキはかからない。その声をかき消すように夢中になる。

「あ、もっと……もっとちょうだ……ください、欲しい……」

柏木の怒張はやはり凶器のようだったけれど、欲望が完全に恐怖心を消し去っていた。

「……ホント、たちが悪いな……おまえは」

体を重ねて、互いをむさぼる。抱きしめあうが言葉はなく、獣のように刹那《せつな》の快楽を求める。

「あ、あぁ……ひっ、んンッ！」

白濁を吐き出しても終わらなかった。

互いに何度も吐き出して、ドロドロに混じり合う。建前も言い訳もすべて忘れて没頭する。感じるままに感じ、欲望のまま欲しがる。まるで中毒患者だ。

「あ、あぁ……す、好きっ」

口からその言葉が溢れた時、柏木がどんな顔をしていたか、恵には記憶がなかった。口にした時にはもうほとんど意識を手放していたから。

いつの間にかブラックアウトし、目覚めると傍らに温《ぬく》もりはなかった。

重い体を起こすと、ひんやりした寝室はとてもよそよそしかった。ここはおまえのいるべき場所ではない、そう言われている気がして自分の体を抱きしめる。

体を重ねても、心は空っぽでなにもない。いや、後悔だけがこびりついている。

抱かれなければよかった。それならまだ逃げ道があった。

立ち上がると、サイドテーブルに書き置きを見つけた。

『仕事に行く。鍵はかけずに出ていい』

たったそれだけの素っ気ない言葉。業務連絡だ。

椅子にかけてあった服を着て家を出る。外はまだ通勤時間で、仕事に向かう人たちと一緒に駅へと歩きながら、恵は朝のさわやかさなど欠片《かけら》もない暗い想いに囚われていた。

好きだと言ってしまった……。柏木は気づいただろうか。どう思っただろう。

「自制するな、なんて言うから……」

本気にならない男は、本気になられて困っているかもしれない。それとも、よくあることと気にもしていないか……。気に入れば使い、不要になればあっさり捨てる。そんな男だとわかっていて、身代わりでもいいと誘ったのは自分だ。心がなくても責められない。

振り回されるのも報われないのも、別にそれが好きなわけではないのだが、欲しいものはなかなか手に入らない。

プライドの高い男だからきっと、公私のけじめは明確につけるだろう。仕事は仕事でちゃんとさせてくれるはず。

だから、きっちりやろうと思う。最高の物を作って、それだけでも柏木に気に入られたい。愛されなくても、職人として認められたい。

気持ちを決めて背筋を伸ばす。

まずは頼との話し合いだ。その顔を思い浮かべると、いつにも増して複雑な想いが込み上げてきた。頼をだしに使ったようで申し訳なく、またうつむき加減になる。

とぼとぼと歩きながら、頼に言うことをいろいろと考えてみたが、どう頭をひねっても優しく送り出してもらえる言葉は思い浮かばなかった。きっとそんな言葉は存在しない。

でも、ありのまま話せば頼は許してくれるだろう。決めたら動かない恵の頑固さをよく知っているから。

柏木にもそういう自分をわかってもらうことがあるのか。自分がどうしたいのか、恵自身にもまだよくわかってはいなかった。

八

二週間というのは、一刻の余裕もない日数だった。

まず必要最低限の機材を揃《そろ》えなくてはならない。中古の工業用ミシンをはじめ、革梳き機も必要だし、菱目打ちも種類が欲しい。大きなものから小さなものまで欲しいものはいっぱいあって、早急に必要なものを選別して購入しなくてはならない。

そして材料も、それこそピンからキリまで、種類も品質もいろいろだ。しかし、投資してもらったお金は無駄なく効率的に使いたい。そして全部使い切るのではなく、できるだけ多く柏木に返したい。

幸いデザインだけは今まで溜め込んでいたものがあった。それに合うだろう材料の目星もつけている。それがなければ到底間に合わないだろう。

考えれば考えるほど時間は足りなくて、頼の反応を恐れている暇もなかった。

仕事前の頼に少しだけ時間をもらって事情を話す。やめるからには理由を話さなくてはならず、それには約束を破って柏木に会ったことを話さなくてはならなかった。

柏木の名前を聞いた途端、頼の機嫌は急降下した。もちろん仕事と関係ない部分は話さなかったが、それでもこの上なく頼の機嫌は悪かった。

「で、結局俺よりあいつを選ぶということか」

「ち、違うよ。あえて言うなら革を選ぶっていうか……僕にはこれしかないと思うから頑張りたいんだ」

「まあ、おまえに他に取り柄はないけど」

「ごめんなさい。兄さんにはすごく感謝してる。でもちゃんと自分の足で歩かなきゃ、いざという時兄さんを助けられる男にはなれないから」

「はあ!? おまえに助けられることなんて一生ない。絶対ない」

「うん、そうだと思うし、それが一番いいんだけど。思わぬところで恨まれたり、頑張りすぎて怪我したり……しそうだから、兄さん。人生はなにが起こるかわからないし」

「おまえ、実は俺を馬鹿にしてるだろう！」

「し、してない、してないよ！」

「もういい。おまえなんか知るか。勝手にしろ」

「うん、ありがとう、兄さん」

礼を言えば睨まれた。だけど笑顔を返す。それっきり頼はこちらを一瞥もせずに行ってしまった。たぶんしばらく口も利いてくれないだろう。

でも大丈夫。頼は大丈夫なのだ。なにがあっても絆が完全に切れてしまうことはない。だけど柏木とはなにもない。まだ体の奥には熱が残っているのに。火照ってしょうがないのに、なにも結ばれてはいない。

しかし、そんな余韻に浸っている暇はなかった。

ミシンなどの機材を入手する手配をして、デザインに相応《ふさわ》しい革を探し回った。

一口に革と言っても、一番一般的な牛革でさえ種類は膨大だ。牛の種類、部位、鞣《なめ》し方、産地、処理・仕上げ方法……工場によっても品質は違う。

財布ひとつ作るのでも、この膨大な中から最適と思える革をたったひとつ選ばなくてはならない。これは実際に見て触ってみないとわからないので、知り合いの革問屋のところへと出向く。

「ああ……いい匂い……」

恵は保管庫に足を踏み込んだと同時に、大きく深呼吸した。

「相変わらず、きれいな顔して変態だねえ」

隣で問屋の主人が笑う。彼とは前の工房にいた時からの付き合いだ。

「え、変態ですか、僕」

「少なくとも一般的な感覚じゃないね。普通の人はこの中に入ると眉《まゆ》をひそめるよ。まあ、俺もいい匂いだと思うけどね」

それでいくとこの業界にいる人間の大半は変態だろう。

吊《つ》るされている革や寝かされている革。まだ元の動物の形がかなりよくわかる。ありがたくありがたく使わせてもらわなければならない。

いろんな革を吟味して選び出す。幸いなことに恵が思い描いていたイメージ通りの革がそこで手に入った。

浮き浮きと革を持ち帰る。大きな革を三枚ほどくるくると巻けば、小振りな絨毯《じゅうたん》を抱えているような感じになるが、そのまま電車に乗った。

恵はそれを抱いて幸せだったが、やはり一般的ではないらしい。匂いに眉をひそめる人も少なくなかった。申し訳なく隅の方に立っていたのだが、たまに吸い寄せられたように寄ってくる人もいる。同類だろうかとちょっと嬉しくなる。

「こんにちは」

何人目かに隣に立った女性が声をかけてきた。顔を見れば、どこかで見た覚えのあるきれいな女性だった。

「こんにちは」

にっこり返しながら、必死で思い出そうとしていると、女性がヒントをくれた。

「社長のお気に入りの向井沢さん、ですよね？」

社長と聞いて思い出した。

「あ、柏木さんの会社の……。あの、僕はお気に入りとかじゃないですよ」

受付嬢だ。嬢と言うには少々年齢がいっているが、きれいなのは確かだった。そして勘違いをさりげなく正す。

「あら、お気に入りですよ？　だって社長、自分で運転したでしょ？　いつもは秘書に運転させるんだけど、来なくていいと言われたって聞いたもの。しかも自分の車を出したなんて、女性だったら絶対本命だと思うところですよー」

そんなことを言われたらドキドキしてしまう。

この女性の言うことが正解だとは限らないし、柏木には違う思惑があったのかもしれない。あの時はまだ出会ったばかりだったのだし……などと思いながら、嬉しくなるのを止められなかった。緩んだ顔を革の筒に埋《うず》める。

「なんか本当、可愛いですよね。……って、あ、ごめんなさい。でも、すごく目立ちますよ、向井沢さん。声をかけるのちょっと勇気がいったんです」

「ああ、この荷物がですか？」

可愛い、という言葉は聞かなかったことにする。

「いや、それももちろん目立ちますけど、大きな荷物を抱えてる人がいるなと思って見たら、すごくきれいな男の人で……密《ひそ》かに注目の的ですよ？　社長って、いつもどこできれいな人を見つけてくるんだろう。あの人の美意識の高さには感服するわ」

「柏木さんは、よく人を連れてくるんですか？」

「会社に連れてくることは滅多にないんですけど、パーティーとか同伴が必要だと、どこからか調達してくるの。これがいつも美人で……」

「恋人じゃないんですか？」

「うーん、たぶん違うと思いますよ？　いつも違う人だし。社長、五年くらい前に奥さんに逃げられてから、誰かとちゃんと付き合ったことないと思う」

「え、奥さん……。逃げられたんですか？　柏木さんが？」

いるかもしれないと、家を見た時に思ったのに、すっかり忘れていた。いなくなる前に二人で住んでいた家なのだろうか。

「そうなの。意外でしょ？　私も詳しいことは知らないんだけど、仕事を頑張りすぎちゃったんじゃないかな。社長は会社を大きくして奥さんに楽させてあげたかったみたいだけど、違うのよねえ、女が欲しいものは。奥さん、ちょっと儚《はかな》げな美人で……あ、どこか似てるかも、向井沢さんに」

「え？」

「あら、ごめんなさい。女の人に似てるなんて言われるの、嫌よね。それに向井沢さんの方が美人だわ」

そんなフォローは必要なかった。いつも似ていると名前を出されるのは女性ばかりだ。奥さんがいたということも、柏木の歳ならあり得ないことではないし、別れて五年も経《た》っているなら言わないのも普通だろう。

だが、その人が自分と似ていたということが、なぜだかとてもショックだった。

「あ、じゃあ私、ここで降りますから。変なこと喋《しゃべ》っちゃったかな。社長はそれくらいじゃ怒らないと思うけど……できれば内緒で」

女性は愛嬌《あいきょう》のある笑顔で手を振って降りていった。恵も笑顔で手を振り返したのだが、さっきまでの幸せな気分はどこかに消えていた。

心を落ちつけようと、革に顔を埋めて電車に揺られる。

似ていたから……それが理由だったのだろうか。頼の代わりなんかじゃなく、そもそもいなくなった奥さんの代わりで始まったのかもしれない。逃げた奥さんに似ていたから、ひどいことをしてみたくなったのか。それとも似ていたから抱きたくなったのか。

最寄りの駅で降りて、駅舎を出たところで電話が鳴った。ポケットから取り出して相手も確認せずに出る。

『どうだ、調子は？』

二日ぶりの声に、条件反射のように体が熱くなった。

「あ、はい」

だけど心は晴れないまま。電話してくれたのが嬉しいのに、表情は暗くなる。

『どうかしたのか？』

「いえ、今、革を仕入れてきたんです。おかげさまで、すっごくいい革が買えました」

革を見て、やっと笑えた。ぎゅっと胸に抱きしめる。

『俺の電話より、革が買えたことの方が嬉しいって顔だな。また負けたか』

「え？」

恵は慌てて周囲を見回す。ロータリーのところに見覚えのあるスポーツタイプの車が停まっていた。運転席のドアが開いてスーツ姿の柏木が現れる。

今日は火曜日だが、時刻はもう八時だ。しかし柏木が帰るには早い時間のように思えた。

「え、なんで……？」

恵は少し躊躇して柏木に近づいていく。避けるわけにもいかない。

『偶然、の方が運命的だが、残念ながら違う。佐久間《さくま》に会っただろう？　受付の』

「あ、はい」

『革を抱いたきれいな男が電車に乗っているという写メがきた』

「……やっぱり、フレンドリーな会社ですね」

そう言ったところで柏木の前に辿《たど》り着き、電話をポケットにしまった。

「だから、あいつは特別なんだよ。付き合いが長いから」

柏木は恵から革を取り上げて、それを狭い後部座席に突っ込んだ。

「え、あ……」

「乗れ。送ってやる」

「お仕事は？」

「終わらせた。さっさと乗れ」

そう言われれば断ることもできない。助手席に乗り込んでシートベルトを締める。前に乗った時とは気持ちがまったく違っていた。

あの時は、ひどいことをする男だと憤っていた。そして、もしかしたらいい人かもしれないと心の距離が近づいた。

今は戸惑っている。会いに来てくれたことを嬉しく思いながら、素直に喜べない。柏木にとって自分がどういう存在なのか、まったくわからなくなってしまった。

こんなところまで来てくれるのだから、好かれているのだとは思う。だけどそれはどんな好意なのだろう。自分が抱《いだ》いている想いとは、似て非なるものなのか、まったく異質なものなのか。どう訊ねればいいのかもわからない。

「なにかあったのか？」

「いえ。あの……ありがとうございます。本当にすごくいい革で、僕のお金じゃ全然買えなかったから」

「そんなのは俺に礼を言う必要はない。いいものを作ればいいんだ。なにを作る？」

「財布とキーケースを。もうひとつは……考え中です」

決めていたのだが、急に考え直したくなった。

駅から恵の家までは歩いて十五分ほど。大きい荷物を持って歩くには少々面倒な距離だったが、車だと物足りないほどにすぐだった。柏木は路肩に車を停めて、後部座席から革を引っ張り出した。

「ありがとうございました。助かりました」

恵は礼を言ってそれを受け取ろうとしたが、ひょいっと引かれる。

「部屋まで持っていってやる」

「え、あの……いいです、ここで」

強めに拒否してしまった。柏木が視線をスッと尖らせて、逃げ出したくなった。

「それは俺を部屋に入れたくないということか？」

「じ、時間がないから……すみません、すぐに作り始めたいんです」

それも本当の理由のひとつだった。一番大きな理由ではなかったけれど。

「部屋に入れると、なにをされるかわからないって？」

「なにもしません？」

「しない方がいいのか？」

駆け引きのような問いの応酬。核心は突かないで外側から詰めていこうとしても、肝心の核心がわからない。

「体力を奪われると困るので……」

「へえ。じゃあ頼にちょっかい出してみるかな」

「ダメです。それに、兄さんは僕より頭も運動神経もいいし、力もあるし、鈴木さんもいるから、簡単に思い通りにはなりません」

自分で言ってて、簡単に思い通りになってしまった自分が悲しくなる。

「鈴木？　ああ、マネージャーか。ま、頼をどうこうしようという気は最初からないが……じゃあ今日のところは仕事を優先させてやろう」

柏木はそう言って革の束を恵に押しつけた。恵はホッとして両手でそれを抱きしめる。そのまま柏木の車が出て行くのを見送るつもりだったのだが、柏木の腕が伸びてきて、引き寄せられた。頬を捕らえられ、仰向《あおむ》いた唇を奪われる。

「んっ――」

まったく油断していた。アパートの前の路上。暗いとはいえ、会社勤めの帰宅時間としてはそれほど遅い時間ではない。

なのに柏木は、軽い別れのキスで終わらせるつもりはなさそうだった。濃厚なキスはまるで自分を覚え込ませるように執拗《しつよう》で、じわじわと体が熱くなっていく。頭の中からいろんなことが消えていき、唇が離れた時にはすっかり心奪われていた。

「じゃあな、いい子で引きこもってろよ。いい作品を期待している」

柏木は恵の頭をくしゃっと撫でると、微笑んで去っていった。

少しの間、恵はその場から動けなかった。なぜ柏木は帰ってしまったのか……そんなことを考えている自分に気づいてハッとする。自分で追い返したのに、置いて行かれて寂しいなんて、勝手すぎる。

さっきまでのわだかまりはどこへ行ったのか。いろいろぐちゃぐちゃ考えていたのに、キスひとつで、どうにもならない自分の気持ちを思い知る。

好きなのだ。どうしようもなく。この想いからは逃れられない。柏木がどう考えていても、自分の気持ちは変わらない。報われないのが好きなわけでなく、報われなくても変えられないのだ。

「柏木さんが好き」

口に出したら、吹っ切れた。いい物が作れそうな気がした。

家に帰って革との対話に没頭する。

ずっとこうして、革細工を作ることだけに没頭したいと思っていた。これは夢の時間だ。少しも無駄にはできない。

なにより、柏木がくれた時間だから……絶対無駄にはしたくない。

作りたいものはたくさんあった。前にいた工房は男性用の小物を主として扱っていて、一ミリ二ミリの差で製品は全然違うものになるのだと教わった。

そういう小さいところを突き詰めていくのは好きだった。普通は気にもしないような、コバという裁断面の処理に一日かけてしまい師匠に怒られたこともある。そんなんじゃ仕事として成り立たないと言われたが、同時におまえは職人向きだとも言われた。

その時の師匠の、呆れたような、諦めたような……それでいて嬉しそうな笑顔は、今も恵の脳裏にはっきり焼き付いている。

基本的に小物をちまちまこだわって作るのが好きなのだが、時々革を見て衝動に駆られることがある。

そうして以前作ったのが、レザージャケットだった。この革は頼に似合うと思ったら、どうしても服が作りたくなって、縫製の本を見てジャケットを作り上げた。頼の好みと恵のこだわりを凝縮した一枚は、服としては少々アラもあったが、会心の出来だった。

それを頼に渡すと、重いだの臭いだのと文句を言っていたが、今でもたまに着てくれている。ちゃんと手入れされていることも知っている。

やっぱり物は使ってもらえるのが嬉しい。消耗してもかまわない。ダメになったら捨ててもいい。大事に飾るより使ってほしい。

使ってくれる人を思い描きながら作れば、自然にいいものができあがる。

「あ、れ、れぇ？」

やっと届いたミシンをなかなか使いこなせず悪戦苦闘していたのだが、おかしな音がして動かなくなった。チェックできるところはしてみたが、なにが壊れたのかもよくわからない。メカにはあまり強くなかった。

使い慣れたものがいいと思って、前の工房で使っていたのと同じものを探して取り寄せたのだが、そこそこ年季が入っているものだから、こういうことが起こるのは充分ありえることだった。

小物は手縫いでもなんとかなるが、最後のひとつはどうしても手縫いというわけにはいかなかった。泣きそうになりながら業者に問い合わせたが、引き取って修理するのに二週間はかかると言われ、代替機もないと言う。それでは困ると食い下がったが、どうしようもないと言われては引き下がるしかなかった。

知り合いの職人といっても、前の工房は職人三人という小所帯で、恵の他の二人は田舎に帰ってしまっていた。工房にあったミシンなどはすべて借金返済のために売られ、師匠の手元にも残っていないはずだ。

他に知り合いといえば……ひとり思い浮かんだが、知り合いというには恐れ多い。しかしこのままでは間に合わない。

電話を手にしてしばし躊躇する。柏木を経由した方がいいのだろうか。いや、忙しいのに煩わすのも……それに先方が断りにくくなるだろう。

ダメで元々という言葉を心の中で何度も唱え、もらっていた名刺の番号を押す。

「あ、私、先日柏木さんと一緒にお伺いした向井沢と申します」

少々どころではなくテンパって、優しい声に後押しされながら事情を話す。

『材料を持っていらっしゃい。ちょうど空いているミシンが一台あるから、好きに使っていいよ』

「ほ、ほ、本当ですか!? ありがとうございますっ」

道具をボストンバッグに詰め込み、材料を大きなビニール袋に突っ込んで、速攻で家を出た。電車に揺られて一時間ほど。

「いらっしゃい。なんだか……家出してきたみたいだね」

やってきた恵の姿を上から下まで見て、牧田は笑った。

ちょっと自分の格好にかまわなすぎたとは、電車の中で思ったのだ。髪もぼさぼさだし、服はよれよれだし、それで大きなビニール袋と革のボストンバッグを持っている。かなりおかしな人だ。家出は気を遣った表現だろう。夜逃げしてきたようだ、というのがきっと正しい。

「すみません……」

みすぼらしい格好で来たことを謝る。

「いいよいいよ、なんか必死って感じが伝わってくるよ。男前は台無しだけどね」

作業場の一番奥にあるミシンを、好きなだけ使っていいと貸してもらう。

持ってきた革を見て、牧田は驚いていた。

「へえ、こういうのも作るんだ？」

「あ、これはその……これが、作りたかったので……」

牧田には柏木から課題を出されていることは伝えた。牧田は柏木の新しいサイトのことを知っていたので話は早かった。しかしそれならこれがその課題に相応しくないこともわかるだろう。

「革に、言われた？」

牧田の言葉に恵は驚いて、そして強く頷いた。

「はい、そうです。革が、自分はこれになりたいって……言った気がして。いや、僕が勝手にそう思い込んだだけかもしれません。本当は、ちゃんと得意分野の、商品になるようなものを作らなくちゃダメだってわかってるんですけど、他の物は浮かばなくて」

悩んだのだ。これは今作るべき物ではない。公私混同ではないのか、と。

「きみは、芸術家向きだね」

その言葉はあまり嬉しくなかった。やっぱり自分は職人と言われたい。

だけど衝動は止められず、ミシンを借りて黙々と縫い上げた。どんなものでも形になっていくのは嬉しい。

どうしてもミシンを使わなければならないところは、その日のうちにやり終えた。

「牧田さん、本当にありがとうございました」

恵は深々と頭を下げる。

「素晴らしい集中力だったね。脇目もふらずって感じで」

「あ、なにか失礼をしましたか？　無視したとか……」

たまに集中するとやってしまうことがあった。それで人間関係がこじれたこともあったし、頼にはよく蹴りを入れられた。

「いや、大丈夫だよ。声もかけづらい雰囲気だったから、誰も声をかけてないよ」

牧田は笑いながらそう言ったが、恵は恐縮する。早くしないといけないと思って必死だったのだ。

「す、すみません……」

「いやいや大丈夫、気持ちはわかるから。あ、今縫っていたものに関するコメントはしないよ。そこは篤弘《あつひろ》君の目に任せる。彼の見る目は厳しいし、面白いから」

「牧田さんは、柏木さんと付き合いが長いんですか？」

ただの客を下の名前で呼ぶのは違和感があった。

「彼のお父さんを知ってるんだ。家もわりと近くてね。腕のいいかんざし職人だったよ」

「かんざし……職人さんだったんですか」

「意外？　でも彼が物にうるさいのは血だと思うよ。ブランド名には頓着せず、いい物、気に入った物しか身につけない」

「でも、取引先の人にもらったからって、持ってたりしますよ？」

「それ、気に入らないって言ってた？　自分の価値観に合わない物は絶対に持たないよ。すごくプライド高いから、それを好んで持っていると思われるのが許せないんだ。そういうところもお父さんとよく似てるんだけど、そう言うと篤弘君怒るから」

じゃああのシガレットケースは、持つに値する物だと思ってもらえていたのか……。もしそうなら、すごく嬉しい。

「お父さんと折り合いがよくなかったんですか？」

訊いていいものかと思いながら、柏木のことならなんでも知りたいという欲求に負けて訊ねる。

「うん。二人とも頑固でね。でも篤弘君は、お父さんのかんざしは認めてたんだよ。ただ、それを売る姿勢がね……お父さんには御用達職人の責任感とプライドがあって、持つ人にも品格を求めるんだと一見《いちげん》さんには売らなかった。それが篤弘君には歯痒《はがゆ》かったみたいで、いつも喧嘩してたよ」

「そうなんですか。だから、サイトを……」

いい物を本当に欲しいと思う人に持ってほしいと柏木は言っていた。そう職人を説得して回ったとも言っていた。

「だろうね。私はお父さんの考え方もわかるんだよ。金を払えばいいんだろ？　とか言われるとカチンとくる。でも今の時代、誰が品格を持ってるかなんてわからないし、いい物を持つことで己の品格を意識するっていうのも確かにあると思う。なにより、売れなくて廃業というのは重大な損失だよ」

「あの、じゃあ柏木さんのお父さんのかんざしは……」

「かんざしはただでさえ販路が狭いのに、そういう売り方ではやっていけないよね。ずっと苦労して、ついに廃業して、それからすぐに亡くなったんだ。五年前くらいだったかな」

「そ、そうですか……」

奥さんがいなくなったのも五年前だと言っていなかっただろうか。どちらが先だったのかはわからないけど、きっとすごく辛かっただろう。その時にそばにいてあげたかったと、今さらどうしようもないけど、思う。

「だから、伝統工芸を取り扱うって聞いた時は、まだお父さんに反発してるのかって呆れたんだけど……。話を聞いて、篤弘君は悔しかったんだってわかった。優れた技術がむざむざ失われてしまうのを見ているしかなかったことが、無力な自分が、悔しくて仕方なかったんだ。価格を下げろとは絶対に言わない、なぜ高いのか、どれほど素晴らしい物なのかもきちんと説明する、だから出品してほしいって、その熱意に負けて出品を決めた頑固職人が結構いるんだよ。私も絆《ほだ》されて協力することにしちゃったしね」

そんな熱さを柏木から感じたことはなかった。なんでもクールに、今度の新しいサイトのこともまるで自分の道楽みたいに言っていた。

やっぱり、頼と柏木は似ている。いつも涼しい顔をして、頑張っているところは絶対に人に見せない。だけど誰よりも頑張っていて、プライドが高くて、自分の信念を曲げない。その強さに惹きつけられる。

「でもね、そこに新人育成みたいなのを加えたのは最近なんだよ。なにか、思うところがあったのかねえ……」

牧田はニヤニヤ笑って恵のことを見た。

「え、そうなんですか？　じゃあ僕は運がよかったのかな。まあ審査を通らないとしょうがないんですけど」

恵はにっこり笑って答える。

「うん、まあ……。出会いというのは必然なのかなって思うね。きみが篤弘君と出会ってよかったよ」

牧田は含むところありげに言った。

「え？　あ、そうですね。僕もよかったと思っています。こうして牧田さんとも出会えましたから」

クスクスと少し呆れたような笑顔の意味が恵にはわからなかった。

「本当に、ありがとうございました。ご迷惑おかけしてすみませんでした」

「またいつでもいらっしゃい」

作品を大事に抱えて帰途につく。

電車の中で恵は柏木のことばかり考えていた。本人とは会っていないのに、知らない彼のことを人伝《ひとづて》に知って、またその印象が変わってしまった。

いろんな想いが胸の中に渦巻いている。知るほど柏木を好きになっていく。

柏木は自分のことをどう思っているのだろう。

自分を通して違う誰かを見ているのなら悲しい。男の自分ではどう頑張っても奥さんの代わりにはなりえない。でも、それで柏木が少しでも安らげるのなら、いいか……なんて自虐的な考えも浮かぶ。

柏木のために自分にできることが他になにかあるだろうか。腕の中の未完成品に目をやるが、これで柏木を喜ばせようというのは公私混同かもしれない。柏木はきっとそういうのは好まない。

だけどもう後には引けなかった。

鬱々と悩みながら家に辿り着く。考えがまとまらないのは寝不足のせいかもしれない。ちゃんとベッドで寝たのはいつだっただろうかと考えて、そのまま気が遠くなっていく。

まだ寝ちゃダメだ、ボタンをつけないと……。

ジャケットを作業台の上に出し、ボタンの位置を探っていると呼び鈴が鳴った。

覗き窓から確認すると柏木が立っていて、驚いてドアを開けた。

「入ってもいいか？」

「あ、はい。散らかってますけど」

追い返す気力もなく、部屋に通す。

姿形は同じ柏木なのに、違う人のように感じて戸惑う。柏木自身はなにも変わってはいない。変わったのは、自分の中の認識と想いの強さ。

キスをしたいな……と、後ろ姿を見ながら恵はぼんやり思った。


「すごいな、これは」

部屋に踏み込んだ柏木の第一声に我に返る。部屋の中は足の踏み場もないありさまで、散らかっているというのは社交辞令でも謙遜《けんそん》でもない事実だった。

「え、と……ここに座ってください」

隅に押しやっていた椅子を持ってきて、削った革の粉で白っぽくなっていた表面を拭《ふ》いて差し出す。しかし柏木は座らず、恵の顔をじっと見つめた。

「取り柄の顔がひどいもんだ」

ドキドキした分、落胆も大きい。だけどやっぱりどこかぼんやりしていて、傷は浅かった。

「すみません、寝てなくて」

とりあえず、謝る。きれいな顔が見たかったなら、がっかりだろう。

「まあ、これも悪くない。……レザージャケットか？　意外だな」

作業台の上に目をやって柏木は言った。まるで隠していた物が見つかってしまったような焦りを覚える。

「え？　あ、……はい。これはあと、ボタンをつけたら終わり……です」

どうせ明日になったら見せなくてはならなかった物だ。こうなったらもう堂々と公私混同する。

「あの、すみませんけど、ちょっと着てみてもらえますか？」

「着る？　俺が？　兄貴じゃなく？」

柏木は揶揄《やゆ》するように言う。

「兄には昔作ったことがあるので」

深く考えずに言えば柏木はムッとした顔になった。

「あっそう。じゃあこれは、俺のご機嫌取りか？」

攻撃的な言葉は恵の胸に刺さった。やはり柏木は公私混同だと思ったのだろう。

「そうじゃないけど……。あの、すみません」

やっぱりこれはなしにすべきなのだろう。提出点数を二点にしてもらえるものか訊ねようとしたのだが、柏木はジャケットを手にとって袖《そで》を通した。

「ぴったりだな」

澄ました顔は少し照れくさそうで、恵の心を鷲掴みにした。ジャケットは確かにぴったりでよく似合っている。恵はしばし見惚《みと》れて、吸い寄せられるように近づくと、柏木の前に立った。

袖に触れ、肩から胸へと手を滑らせて、その手ざわりを楽しむ。

とても気持ちいい。ジャケットだけに触れた時よりもずっと……。柏木に触れていることが気持ちいいのだ。

自分の心は偽れない。たとえ柏木の好意が一過性のものでも、誰かの代わりでも、自分の気持ちは変わらない。どんな理由でも柏木が自分を求めてくれるのなら、それでいい。

べたべた触られて柏木は困惑顔だったが、恵はかまわず自分の頰を厚い胸にすりつけた。革の肌ざわりとその下のたくましさ。恵にとってはこれ以上ないベストな組み合わせだった。

「恵？　おいこら、誘ってるのか？」

柏木の腕が腰に回されて、優しく抱きしめられると、自分の中のなにかがほろりと崩れる。

力が抜けていく。

「はい。すみません……ちょっと、眠くて……」

なんとか意識を保とうと抗《あらが》うのだが、睡魔は恐ろしく強力だった。

「はいって、おいっ!? ……この天然め……」

溜息混じりの諦めたような声は、恵の耳にとても優しく響いた。


なにかに頬を擦りつける。肌ざわりを唇で確かめるのは恵には標準的な行動だった。だけどそれがピクッと動いて違和感に目を覚ます。

目の前にあったのは、革ではなく皮。いわゆる皮膚だった。じわりと頭を上げれば、眉を寄せた柏木の難しい顔があった。

「は!? ……え? え、ええ!?」

状況を把握するのに少しの時間を要した。自分のベッドで、目の前に柏木の裸の胸があり、自らもどうやら全裸だ。

「おまえ、襲われる覚悟はあるよな?」

柏木が上に覆い被《かぶ》さり、笑いながら見下ろす。

「え？　いや……」

恵はまだ夢の続きのようにその顔を見上げた。唇が降ってきて、構える間もなく受け入れる。肌と肌が触れあって、ゾクゾクと体の奥からなにかが込み上げてきた。

まるで、恋人同士のようだ……とぼんやり思ったが、壁に視線をやってハッと我に返る。

頼と目が合った。窓がある壁以外の三方に頼のポスターが張られている。天井のポスターを外していたのがせめてもの救いだ。

「なかなか趣味のいい部屋だよな。ブラコンというか、ただのファン？　信者？　どうやったら実の兄をそんなに好きになれるんだ？　あんなに邪険にされているのに」

これだけでも充分に引かれているようだが。

「邪険にされても好きなものは好きだし……、だいたい勝手に寝室に入って、裸で、なにして……」

動悸がする。息切れもする。裸で柏木とベッドにいるだけでも平静ではいられないのに、頼のポスターに見守られていると、さらに倒錯的で、ものすごく悪いことをしている気分になる。居たたまれない。

「なにかしようとしたら、おまえが寝落ちたんだろ。親切に服を脱がせてベッドに寝かしつけてやったのに、文句言われるなんてな」

「あ、ありがとうございましたっ。どうぞもうお構いなく」

「ここで頼に見られながらやるってのも、面白いかも……」

ニヤニヤ笑う柏木を押しのけて、恵はベッドから抜け出した。

「ぼ、僕はボタンをつけないといけないのでっ」

「それを審査するのは俺なんだがな……」

柏木は苦笑して起き上がった。服を身につける恵の白く滑らかな後ろ姿を見つめる。

恵は急いで服を着て、隣の部屋の作業台の上に置かれていたジャケットを手に取った。昨夜するつもりだったボタン付けを黙々と始める。

横に立って、手元に視線を落とす柏木が、なんだかすごく甘い空気を発しているように感じる。たぶん、気のせいだと思うのだけど。

「やっぱりおまえは、俺より頼と革なんだな。俺も剥《は》いで鞣されれば興味を持ってもらえるのか？」

やっぱり甘い気がする。これが気のせいなら、きっと罠《わな》だ。うかうか惚れた自分を笑うつもりなのだ。

しかし、もしそうだとしても、もう笑われるしかない。

柏木が同じ気持ちでいてくれたら嬉しいのだけど、期待しても報われるような気が、なぜかしなかった。

でも、報われぬ片想いには慣れている。嫌われても好きでいるのは得意だ。相手には多少迷惑かもしれないが、自分はそんなに不幸ではない。それも経験済みだった。

「あの、柏木さん。審査をしてもらった後で、少しだけ時間をもらっていいですか」

「今じゃダメなのか？」

「はい。柏木さんの仕事が終わった後でいいです」

「今夜は忙しいんだが」

「じゃあ、いつでもいいので、時間ができた時に呼んでください。そこに行きます」

「ホテルの部屋でも？」

「はい、どこにでも」

決めてしまえば迷わない。好きなものは好きだから、ただ真っ直《ます》ぐに相手を見つめるだけ。どんな答えも受け入れる。

そんな恵を見て柏木はなにを感じたのか、「わかった」と言うと、それ以上追及してくることはなかった。

「できあがったら会社に持ってこい」

柏木はそう言って部屋を出て行き、恵はその場を動かずボタンをつけ続けた。

できあがったものを抱きしめて、やっぱり中身が恋しいと思う。革の手ざわりだけではもう物足りない。この袖が自分の背に回ることはないのかもしれないけど……そう考えると切なくなった。

――やっぱり頼への想いとはまったく違うのだ……。

その時、呼び鈴が鳴ってドアが開いた。さっき柏木が出て行ったから、鍵はかかっていない。柏木が戻ってきたのかと思って、入ってきた頼の顔を見て少し落胆した自分に驚く。

「おまえ……生きてたか」

「兄さん、どうしたの？」

頼の方から訪ねてくることは滅多にない。

「どうしたのじゃない。おまえ、電話は？　昨日の昼からずっと繋がらなかったぞ」

「え、電話……」

ジャケットを作業台の上に置き、ごそごそと探し回る。バッグの中で見つけたが、電源が切れていた。充電のことになんかまったく気が回っていなかった。

「まあ、そんなことだと思っていたけどな。相変わらず、没頭すると他が見えなくなる奴だ。桐野さんがなんか用があるらしい。後で電話しとけ」

呆れたように言って、頼は椅子に座った。柏木のために置いた椅子だ。

「心配して来てくれたの？」

「死んでたらまずいだろ。弟が孤独死とか、俺の好感度が下がる。それにちょうど今撮影が終わって、鈴木が送るって言うし……」

頼はごにょごにょと言い訳する。

「ありがとう」

恵がにっこり笑うと、頼はまるで条件反射のように機嫌が悪くなる。

「おまえは本当、むかつくな」

イライラと頼が言ったけれど、恵の心は穏やかだった。すごく嬉しい。それは変わらない。

だけど柏木に嫌われたら、変わらぬ気持ちでいられるだろうか。

「あの……僕に好かれるのって迷惑？」

頼に訊いたところで参考になるものではない。わかっているけど訊いてみる。

「迷惑だって言ったら嫌いになってくれるのか？　それならもうとっくに俺のことなんか大嫌いだろう。おまえは俺以上に頑固だ。それは認める」

頼は立ち上がって、作業台の上のジャケットを広げた。

「うん。僕はずっと兄さんが好きだよ。頑固だからじゃないけどね」

頼が頼だから好きでいられたのだ。ずっと同じ『好き』だったわけじゃない。でも嫌いになったことはない。

「迷惑だって、慣れてしまえばなくなると寂しくなる。それがまた迷惑なんだ」

「うん、ごめん」

頼が可愛く見えて微笑んだら、やっぱり頼はムッとした顔になった。

「これ、俺のじゃないよな？」

頼はジャケットを見下ろして言った。

「あ、うん……」

少しばかり後ろめたい。さすがに兄に男が好きですと告白するのは勇気がいる。

「おまえがなにをどうしようと勝手だが、これは認めないからな」

それが誰のものか見透かしたように頼は言って去っていった。

認めてもらえるなんて思っていないけど、このタイミングで反対されると少しへこむ。

「ごめんね、兄さん。……僕はやっぱり、頑固みたいだ」

革だけではダメなのだ。このジャケットの中身が欲しいのだ、どうしても。手に入らなくても、それでも……。

恵はできあがった作品を持って、柏木の会社へと向かった。

今はなによりこの評価を一番気にしなくてはならないのに、すっかり気が散ってしまっている。作っている間は集中していたのだけど、できあがってからは柏木のことばかり考えていた。

革のことより、頼のことより、自分の今後の生きる道よりも、柏木のことが気になってしまう。

急に不安になって、バッグの中を見る。

だ、ダメかな……ダメかも……と、一気に不安が膨れあがった。気が散っていた方がよかったかもしれない。今さらコバの処理が甘いとか、そんなことが気になりはじめる。自分にできる最高を詰め込んだつもりだったが、改めて客観的に見れば、まだまだだと言うしかない。

一番を目指したいと素直に思った。誰かを蹴落とすのではなく、ただ誰よりも巧くなりたい。自信が欲しい。これを持っている自分は一流だと、一流になったからこれが持てると思ってもらえる職人になりたい。

柏木が言っていた一番というのはそういうことだろう。

でも今の自分にはこれが精一杯だ。ダメだと言われるならしょうがない。柏木の見る目は確からしいから、上を目指して頑張ればそれなりにはきっとなれるはず。

自分に自信はないが、柏木を信じて頑張ることはできる。

柏木の会社に着くと、先日の受付嬢が笑顔で迎えてくれた。

会議室に通される。そこにはいろんな作品が並んでいた。見ただけで心が浮き立つような、一流の伝統工芸品の数々。

途端に回れ右して帰りたくなった。だけどそういうわけにもいかない。審査はその奥で行われていて、柏木と社員らしき男女、そして牧田が机を挟んで向かい合いに座っていた。

先客が一人いたため、座って待てと言われる。

こんなちゃんとした審査だとは思っていなかった。柏木が見て、ダメだ、とか切って捨てられる感じなのかと思っていた。しかしそれなら、うちに来た時に見て結果が言えただろう。緊張する。椅子に座って、唾を何度も飲み込んだ。「これはちょっと……」などという言葉が衝立《ついたて》越しに聞こえてくれば尚更《なおさら》怖くてたまらなくなる。

大丈夫。まだまだと言われても、それが今の現実なのだから、受け入れればいいだけだ。だけどできれば斬首台《ざんしゅだい》に載せられている時間は短い方がありがたい。

「次の方、どうぞ」

衝立から出てきてすれ違った人もまだ若かった。かなり青い顔をしていたのが気になる。

「失礼します。向井沢恵です。よろしくお願いします」

審査員たちの前にある机の上に作品を三つ並べた。手前の椅子に座るよう言われ、目の前で難しい顔をした人たちが、自分の作品を矯《た》めつ眇《すが》めつ見るのを見守る。無言が居たたまれない。針のむしろとはこのことだろう。

柏木も牧田も、知り合いの顔を向けてくることはなかった。

「この作品のコンセプトは？」

「はい、大人の男性の持ち物として、とにかく使いやすく持ちやすい物を、と考えて作りました」

柏木の形式的な質問に、恵は緊張しながら答える。

「この札入れはいいですね、薄くてスタイリッシュで。取り出した時に格好いい」

紙幣より一回り大きいくらいの札入れは、型崩れしにくい硬めのカーフスキンで作った。蓋《ふた》の内側にカード入れを設け、小銭も少しなら入るようになっている。札入れ部分は出し入れしやすいよう手前にカーブをつけ、その角の部分に三角の革を縫い込んで、名刺など薄い紙を挟めるようにしてある。

前の工房で働いていた時に、販売店のバイヤーを通して、購入者の不満や要望をいろいろと聞いた。恵自身はホワイトカラーの会社員として働いたことはないので、それらの意見は貴重で、すべてノートに書き付けていた。

少しでも時間ができればデザインを考え、使いやすさと格好良さの両立を試行錯誤し、それだけが恵の生き甲斐《がい》と言っても過言ではなかった。

「だけどこれだとカードの出し入れがしにくいね。この部分の線引きを考え直した方がいいな。それか、裏地か……」

牧田の意見はやはりなるほどと納得させられる。

「このキーケースは薄いが大きいな。鞄に入れるのか」

「あ、はい、そうです。ポケットではなく鞄に入れることを想定して作りました。ポケットには入れないという方が意外に多かったので。長い革紐《かわひも》の先に革のチャームをつけて、外側に垂らしておけば探さなくていいし、出していても格好いいと思います。薄いからビジネスバッグのポケットに入れてもごわごわしないし、このシープスキンは柔らかくて癖がつきにくく、二つ折りにして持つこともできるんです」

革のことを話していると夢中になる。一気に熱く説明すれば四人分の視線が自分に集中していた。柏木がクッと笑ったように見えて、急に恥ずかしくなる。

「うん、その若さがいいね。情熱が作品からも感じられるよ」

牧田に言われれば、恐縮するばかりだ。とても褒め言葉には聞こえなかったけれど。

「このジャケットはダメだな。素人《しろうと》に毛が生えた程度だ。なぜ作った？」

柏木の冷たい声に胸がキリッと痛んだ。

「あの……すみません。この革を見たら、これが作りたくなってしまって……今回の審査に持ってくるべきものではありませんでした」

頭を下げる。売る気がない物を持ってきてはいけなかったのだ、やっぱり。

「まあこれも、情熱だよね……」

牧田がフォローしてくれたけれど、ジャケットは論外という結論だけは早々に出た。他の二つに関しては検討するということで、面接審査は終わる。結果は後日ということだった。

伝統工芸品が厳かに並ぶ片隅に、斬新なデザインのいかにも若者向けの商品が置かれた一角があった。数は少なかったが、興味を引かれる物が多かった。

会議室を出て、自分の至らなさに少しばかり落ち込んで廊下をとぼとぼと歩く。

「恵」

呼び止められて振り返ると、柏木が立っていた。今はその顔を見て嬉しく思うより、自分の腑甲斐なさを思って萎縮する。

「それは俺が引き取る」

恵が手にかけていたジャケットを柏木が取り上げる。

「え、でも……」

「いいから置いていけ」

「あ、はい。それでは、失礼します」

どうするつもりかわからないが、恵が持っていてもしょうがない物だった。柏木を想って作った、柏木以外に着せる予定もない物。それをここに持ってきたのは本当に馬鹿だった。一流品しか身につけない柏木が着るわけもない。

「自分の家で待っていろ。仕事が終わったら行く」

「はい」

話したいと言ったのは自分だったが、もう少し時間を置けばよかったと後悔する。だけど、作品の審査をする柏木と、話したい柏木は別だから。そんなふうに自分に言い聞かせて家に帰った。

九

深夜になって柏木は現れた。恵が作った黒い革ジャケットを着ていて、さあ来いとばかりに両手を広げられ、恵は首をかしげた。

「なんだ、これを着ているとおまえに懐かれると思ったんだが？」

柏木がおどける。

「まさか、そのために……？」

「俺の、なんだろう？」

柏木に念を押すように訊かれ、恵はうつむいた。

「それは……はい。すみませんでした。あの三点の中に入れるべきじゃありませんでした」

作りたい物を作れと言われて、混同してしまったのだ。商品として、ということを失念して、本当にただ作りたい物を作ってしまった。

「まあ、それはそうだな。売るつもりなのかと驚いて、思わず意地の悪いことを訊いた」

「え、あ、すみません……」

冷たい質問の意図を知って驚く。

「謝るな。俺はただおまえに『あなたのために作りました』とプレゼントしてほしかっただけだ」

「本当に？　僕にプレゼントされて、嬉しい……ですか？」

「ああ」

柏木が改めて手を広げた。恵はおずおずと近づいてその胸に手を置く。

「僕が……懐いてもいいんですか？　すごーく、鬱陶しいですよ？」

確認せずにはいられなかった。頼は迷惑も慣れると言ってくれたけど、それは兄弟だからかもしれない。それに頼への気持ちは、男同士だからと躊躇する必要のない感情だ。

「そうだな、すごく鬱陶しそうだよな。でも、おまえの兄貴を見て俺は、羨《うらや》ましいと思ったんだよ」

柏木は笑いながら恵の頬に手を伸ばした。その手ざわりを確かめてから、首の後ろに手を回し、引き寄せる。

しっかりと抱きしめられて、恵はその背に腕を回した。顔を寄せれば、新しい革の匂いと一緒に、ふわっと柏木の匂いがした。すごく、いい匂いだ。

「兄さんじゃなく、僕でいいの？」

「当たり前だ。俺はそもそも頼にそんな感情を持ったことはない。あいつと話をしたのも、おまえを繋いでいる首輪を外させるためだった。おまえは変な勘違いをして、変な誘い方をしていたが……兄貴のためとか、兄貴の代わりとかじゃなく、おまえが俺に抱かれたかったんだよな？　好きだと言ったのは、俺のこと、だろ？」

「はい。僕は……柏木さんが本気じゃなくても、本気であなたが好きです。迷惑がられても、ずっと好きですよ？　いいですか？」

手放したくないけれど、訊かずにはいられない。

「ああ。認めたくなかったが、たぶん一目惚れだったんだ。あんな嘘に騙《だま》されるのも、金で男を買うのも、普段の俺ならありえないことだ」

そう言われて、思い出す。

「あの、それは……似てたからですか？」

「……誰に？」

「前の奥さん……」

言えば柏木はガバッと体を離した。驚いた顔で恵を見る。

「なぜおまえが知ってる⁉」

「え、あの、受付の女性と電車で偶然会った時に……ちょっと似てるかもって。社長はいつもきれいな人を連れてるって言ってました」

たぶん恵が女性なら、そんなことは言わなかっただろう。それくらいの配慮はできる女性のはずだ。

「佐久間《さくま》め……。あのな、確かに俺は面食いだし、ぱっと見、似てるのも事実だ。色白で細身でおとなしそうで……きっとそういうのが俺の好みなんだろう。でも、似てないぞ。性格も全然違う。まあそもそも性別が違うんだが」

「そうですよ、僕は男です。本当にいいんですか？」

一目惚れが事実だったとしても、相手が男だと知った時点で萎《な》えるものではないのか。

「それでもおまえがよかったんだよ。いろいろ画策して手に入れようとするくらいには。おまえこそいいのか？　男で」

「僕は……男でも好きなものは好きだから。誰になにを言われても、非常識でも、あなたが好きという気持ちはもう変えられないんです。たとえ振り向いてもらえなくても」

柏木を正面から見つめる。好きだという気持ちには迷いがない。

「一番好きなのはそういうところかもしれないな。自分の気持ちから逃げない、揺らがない、真っ直ぐなところが。……俺が本気にならない、なんて言ってたのは、傷つくのが怖くて逃げていただけだ」

「傷つく……？」

怖いとか逃げるとか、柏木にはあまり似つかわしくない単語のように思えた。

「あまり話したくもないんだが……聞くか？」

「……はい、聞きたいです」

正直に答える。言いたくないなら言わなくてもいいけど、聞きたいかと訊かれれば、聞きたいと答えるしかない。柏木のことならなんでも知りたかった。

柏木は苦笑して口を開いた。

「やっぱり似てないよ。……別れた妻なら、あなたが言いたくないなら私は聞かないわって言ったはずだ。聞きたくても聞きたいとは言わない女だった。控えめで儚げで古風で、黙ってついてくるのが可愛いと思ってたんだ、あの頃は。結婚して、会社を立ち上げて、俺は彼女のために頑張っているつもりだったんだが、それはいつからか独りよがりになっていた。言わない女の心に俺は気づかず、ある日突然、彼女はいなくなった。そして、彼女と離婚してくれと言ってきたのは、俺の親友だった」

「え……」

黙って聞くつもりでいた恵は思わず声を発してしまった。

柏木はもうすっかり達観したように静かな笑みを浮かべた。

「もちろん怒って怒鳴りちらしはしたが、親友にはおまえが傲慢《ごうまん》なんだと責められた。自分の気持ちだけで動き、押しつけ、顧みることもしなかったって……。でも、変わったのは俺じゃない。そう言ったら、変わる心に寄り添わなかったおまえが悪いときた」

「ええ……。そんな……でも、じゃあ奥さんは……」

「結局最後まで俺に自分の意見を言うことはなかった。親友にはなんでも話したらしいのにな。ま、相談しているうちにできちゃったっていうのは、よくある話だ。親友も妻も失って、俺は人を信じるのをやめた」

「ひどい……。でも、だから柏木さんは独りで、そのおかげで僕は出会えた。申し訳ないけど、僕は幸せです」

「ああ、俺もだ」

抱きつけば抱きしめられる。どうしてこんな幸せなことをしなかったのだろうと、柏木の元妻を不思議に思った。結局二人とも自分しか見ていなかったのかもしれない。

そして、柏木が自分のことを好きでなくてもいい、という自分の考えも、もしかしたら独りよがりなのかもしれないと思った。

「なんでも話してください。僕もなんでも言います」

「そういえば、おまえも変に自制するところがあったな」

柏木は恵の頬にキスしながら囁いた。

「柏木さんにはなぜかなんでも言えるんです。たぶん、最初があれだったから、友好的な関係を築くつもりがなくて、それがよかったんじゃないかな」

恵が言えば、柏木は唇を離してばつの悪い顔になった。

「まあ、じゃあ……よかったのか？」

「よくはないと思いますけど……よかったことになっちゃいましたね、好きになっちゃったから」

恵は自分の頬を柏木の肩口に擦りつけた。滑らかな革の下に、確かな体温と筋肉の張り厚みを感じて、胸がじわりと熱くなる。

「おまえは男なのに……身長だってでかいのに、小動物みたいに可愛く見えて困る。自分が恋に盲目なバカップルの片割れになったような気がして、最悪だ」

「最高じゃないですか。僕には柏木さんが、温かくて頼りがいのある……上質な革に見えますよ。すっごく触りたくて困る」

「あ？　そのたとえはどうなんだ？　なんか間違ってるぞ」

全然間違ってなどいない。いつまでも抱きしめていたくて、ずっと頬を擦り寄せていたくて……そんなのは恵にとって上質の革だけだった。

「シャワー浴びるか？」

「このまま……」

「ま、俺は革だからな。……包んでやるよ、恵」

柏木はふてくされたように言ってから、耳元に囁いた。

その言葉は恵にはとんでもなく効いた。ズキュンと効果音つきで胸を撃ち抜かれ、包み込まれる。

男の自分にただ包み込まれている資格はないけど、誰にもこの場所を渡したくない。……どんな女性にも。

「僕は一番を目指します。柏木さんの……」

「それはもう目指さなくていいだろ」

「ダメです。心は変わるから、常に一番を目指すんです」

「おまえ、さりげなく抉《えぐ》るなあ……俺の古傷を。わかったよ。どんな状況の変化にも対応できないとな。恋も仕事も常にトップを目指す」

絡みつくようなキスにゾクゾクした。それに応えながら、柏木の頭を抱き、髪を掻《か》き乱す。乱れた髪がワイルドに目や頬にかかり、唇を離した時には柏木から経営者の顔は消えていた。ただの男になって自分に微笑んでくれる。好きな人の笑顔はいいものだと、恵は満たされる気持ちを知った。

またキスをして、寝室へと移動する。

「おや、ポスターは？」

「剝がして、きれいに大事にしまい込みました」

「そりゃ残念。見せつけてやりたかったのに」

柏木はニヤッと笑うと、恵をベッドに押し倒した。

壁にポスターはもうないのに、恵は記憶で視線を感じて落ち着かない。

柏木がジャケットを脱いで、当然のことなのに残念で、恵は思わずジャケットを目で追った。

「おまえは本当に……俺と革、どっちなんだ？」

苦笑しながら柏木は問いかける。

「それは柏木さんですけど……、革を着てると尚いい、かな」

「だからなんで俺は、動物の革なんかに嫉妬《しっと》しなくちゃいけないんだ……」

「一番は柏木さんです、もちろん」

恵は柏木のシャツを脱がせ、たくましい胸を撫でた。

「おまえの触り方は、エロいけどなんか含みを感じるんだよ」

柏木はぶつぶつ言いながら、恵がはだけさせたシャツを脱ぎ落とし、恵を脱がせにかかった。見られるのはもう今さらなのに、自分の貧弱な体が急に恥ずかしくなる。

「どうした？」

「いえ、大丈夫です」

「なんだ、もう言葉を呑み込むのか？」

「いや、あの……体が、細いから……」

「それがどうした？　よく知ってるぞ。皮膚も薄くて、ここがすごく感じるんだろ？」

そう言って柏木は小さな胸の粒をキュッと摘《つま》んだ。

「んあっ！」

不意打ちに変な声が出てしまう。

「気持ちいいところ、自分で申告しろよ」

「それってなんか……いじめ？」

「馬鹿な……おまえの声を聞きたいだけだ。俺の前では自制するな。まあ、させないけどな」

柏木の指が恵の体のラインを撫でる。指紋の凹凸にすら感じてしまうのは、柏木の言うように皮膚が薄いせいなのか。

自分の皮はきっとあまりいい革にはならないだろうなと思った。

それに比べて柏木の皮は、しっとりと張りがあって、すごく手ざわりがいい。今まで感じたことのない、甘い手ざわりだ。

触るほど興奮する。

「ま、好きなだけ触ればいいさ」

柏木は触りまくる恵に苦笑し、甘やかす。そして唇でも恵の体を甘やかし、溶かしていく。唇から首筋へ、吸い付きながら流れ、胸に辿り着くまでかなりの時間を要した。

指は腰のラインをなぞり、太ももをくすぐるように撫でる。乳首を舐められ、弄られ、恵は声を断続的に上げ続けていた。

「か、しわぎ、さ……あ、あ、あ……」

ビクビクと体を震わせながら、柏木の愛撫《あいぶ》を受け入れる。

「僕も、なにか……した、い……」

なにもせずに抱かれているだけというのは申し訳ない気がする。

「だから、声を出せ。ここがいいって……可愛い顔で啼《な》け」

耳元に囁かれると、ゾクゾクと背筋をなにかが駆け上がる。

「ヤ、あ、そんなの……可愛いとか、ムリ……」

きれいだとか格好いいとは言われたことがあるけれど、可愛いと言われた記憶はかなり遠い。どうすれば可愛くなるのか、皆目見当がつかない。

「そのままでいい」

柏木はそう言って唇を軽く合わせた。目が合って、ホッと力が抜けた。

そのままでいい、なんて言われたことはなかった。祖父母は可愛がってくれたけど、決して甘やかしはしなかった。父母も厳格な方だったし、向上心のかたまりのような兄は、恵にも停滞を許さなかった。

恵なりに頑張ってきたつもりだけど、いつだって自分は足りないと思い続けてきた。

「一番を目指さ、なくても……?」

柏木だって恵に向上心を求めた。

「ここにはおまえしかいないのに……？　俺の腕の中では、気を抜いていろ」

「ん」

恵は甘ったれた返事をした。言ってから恥ずかしくなる。

「それでいい……」

柏木の満足そうな笑みを見て、正解だったのだとホッとする。

そのままでいいのだ。柏木には全部見せていい、なにも遠慮しなくていい……甘やかされて思いっきり堕落しそうな自分が怖かった。柏木なしでは生きていけなくなってしまう。

頼にはきっと腑《ふ》抜《ぬ》けと言われてしまうだろう。

しかしそれも歯止めにはならなかった。快感に溺れて、ズブズブとはまっていく。

「あ、もっと……触っ……」

柏木の指を乞《こ》う。もっと触ってほしくて、恵は自分で自分のパンツのボタンに手をかけた。ファスナーを下ろし、下着の中のものを取り出そうとして柏木の手に邪魔をされる。

「おまえはこっちを触ってろ」

導かれた先は柏木の股間《こかん》だった。スラックスの上から指を這わせ、その熱さと硬さを感じる。

恵の下着の中には柏木の手が潜り込んできた。それを取り出し、くちゅっと先端を摘む。

「今日はずいぶん、濡れてるな」

低い声で首筋に囁かれた。

「ヤッ……あ、言わな、で……」

恥ずかしい。自分でも今までで一番感じているのはわかっていた。こんなに、全身が性感帯みたいになったことはない。

どこを触られても感じるけど、元から性感帯であるところを触れられると、それだけで弾《はじ》けてしまいそうになる。

「ダメ、触っちゃ……」

恵の訴えを柏木は鼻で笑い飛ばした。竿をぎゅっと握って、先端を親指と人差し指で揉む。

「あ、イヤ！」

腰を引いて、ドクッと大きく脈打ったのをなんとかやり過ごした。

柏木がクスクスと笑うから、恵はムッとして柏木のスラックスの上から竿をぎゅっと握り返した。ビクッと柏木も腰を引く。

睨まれて、笑みを返す。

「クソ、色っぽいな……」

柏木は恵から衣服をすべて取り去り、淫《みだ》らに濡れたものに五本の指を絡めた。滑らかな動きに恵は息を呑む。

「あ、あ、まっ待って、……あ、ダ、ダメェ……」

舌っ足らずな拒絶は、今まで女性の口からだって聞いたことはなかった。だけど恥ずかしいと思う暇もない。柏木に愛撫をし返す余裕もなくなった。

「んっ……んンッ……か、柏木さ、もうイッちゃいそ……」

「ひとりでイクか？」

柏木の手はゆるりと上下に動く。

「あ、イヤ……一緒が、い……」

「いい返事だ」

腰をくねらせて快感をなんとか堪《こら》える。そこはもうドクドクと脈打って、爆発寸前なのに……悩ましい。

「かしわぎ、さ、あっ」

恵は体を起こし、焦った手つきで柏木のスラックスの前を開いた。下着を押し上げている熱いものを誘うように撫でる。

「おまえ……フッ……」

柏木は息を吐いて、噛みつくように恵の目元にキスを落とした。上から恵の体をベッドに押しつけると、太ももの内側に手を這わせる。

指はするりと後ろに滑り込み、襞を撫でた。

そこに触れられるのは、なんともいえない奇妙な感じがする。拒否反応というよりは、申し訳ないような、逃げ出したいような……込み上げる複雑な感情を、唾を飲んでやり過ごす。

柏木の手に、いつの間にかチューブのようなものが握られていた。大きく開いた足の間にぬめっとした液体が塗り込められ、指が一本、中に入った。

「ふぁ、……は……んっ」

抵抗もなく入ったそれが中でうごめく。他人のものが自分の中で好き勝手するのを、最初の時は屈辱的だと思った。二度目はひどく切なかった。でも今は、嬉しい。もっとしてほしい。早く、もっと熱いものが欲しい。

「もう……欲し……」

潤んだ瞳で訴える。

浅ましい、みっともないという声がどこか遠くで聞こえたが、今は聞かない。

「なにが欲しいんだ？」

柏木の声しか聞かない。

「あ、なたが……」

「俺が？　……これも、俺だが？」

二本に増えた指を中で広げられる。

「あ、違……もっと、熱くて……大き……の」

「可愛いな、恵……こないだより……ヤバイ」

そんなことを言いながらも柏木は指を抜かない。恵は焦れて腰を揺らす。こないだと違うことがあるとするなら、それは柏木の気持ちだ。柏木の気持ちが自分に向いていると知ったことだけだ。

「柏木さん、好き？　僕のこと、好き？」

「ああ、好きだ」

はっきりとした言葉に涙がつっとこぼれた。それはただ目尻に溜まっていたものが流れ落ちただけだったが、柏木には効いたらしい。

ぎゅっとその形よい眉が寄り、すぐに指が抜け、柏木自身が押し当てられた。望んでいた、熱くて大きいものの到来に、期待と不安が交錯する。

柏木を受け入れるのは気持ちいい。けれど、それだけじゃないことも知っている。

「あ、ク……ゥウ……」

漏れた声は苦しげで、可愛げなんてどこにもなくて。それが自分でも不満だったけど、作る余裕はなかった。

痛みは柏木を包み込んでいる証《あかし》、そう思えば耐えられる。

「こ、擦って……もっとして……」

体より心が先走る。中で柏木を感じたい……。

柔らかい内壁を割って、柏木はゆっくり進んでくる。眼差しは恵を射るように鋭いのに、動きは気遣うように緩やかだった。

柏木の優しさが嬉しかったけど、今はそれより、自分を求める激しさが欲しかった。

恵は柏木を引き寄せる。そして自らの腰を押しつける。

「恵……待て、もう少し……」

止めようとするからなおさら強く抱き寄せる。

「待てない……待てな……アッ、ン、……ッ」

腰を揺らして感じている声を出せば、柏木は一瞬動きを止めて、苦しげに眉を寄せた。

「この、天然っ、が……」

罰を与えるような激しさを恵は喜んで受け入れる。擦れれば熱が生まれ、熱さの中に快感が生まれる。ゾクゾクと震えが来て、夢中で腰を振って柏木をむさぼった。

「あ、あっ、柏木さんっ、あ、もっと……来てっ……」

普段は口にしないわがままが堰を切って溢れ出す。

「いいぞ、なんでも言え。……なんでも、してやる」

激しさと甘さが同居した柏木の顔は魅力的で、恵はキスをせがんだ。それはすぐに与えられ、しつこいほどむさぼられる。

「あ、んンッ！」

指は恵の薄い皮膚をなぞり、小さく尖った二つの突起の周りを一周して、中心を摘んだ。

手のひらで脇を撫でられ、胸を揉《も》むように愛撫されて、快感と一緒に戸惑いが生まれる。

「胸、ない……」

「あるだろ。感じるんだろ？　これ」

もう一度ゆっくり円を描くように乳輪を撫で、摘まれる。

「ンッ、あ……ん、感じる、感じる……」

「俺を感じるんなら、性別も形もどうだっていい。だから、どこにも行くなよ、恵」

ぎゅっと抱きしめられて、痛いほどの幸せを感じる。

「ん、行かない」

抱きしめて、しがみついて、束縛する。

「じゃあちょっと……本気出すぞ、久しぶりに……。逃げられないからな」

柏木は恵の前髪を掻き上げると、瞳を間近に見交わして微笑んだ。蠱惑的《こわくてき》な笑みに恵はゾクッと柏木を締め付ける。それが了承の合図だった。

柏木の本気は恵をぐちゃぐちゃに翻弄《ほんろう》した。激しさもイヤらしさも段違いで、ついていくのがやっとになる。

触られていないところも、知られていないところも、もうどこにもない。

「あ……気持ち、い……いいっ！　も、イク、イクッ」

なにも考えられず、ただ腰を柏木に押しつける。背をのけぞらせ、つま先に力が入り……

キリキリと引き絞られた弓は、パンッと弾けた。

矢は放たれ、高く飛んでゆっくりと落ちていく。

「あッ……あ、あぁ……ん……」

気持ちよく絶頂を迎えた恵の余韻に付き合って、柏木はゆるやかに動きながら、恵の顔をじっと見つめた。

「いい顔……だけど、ひとりでイッたな」

含み笑いで言われてハッとする。

「ご、ごめ……なさい」

「いいさ。一緒にイけるまで、続くだけだ」

柏木はニヤッと笑って動きはじめる。

わざと先にイかせたのではないかという疑念が生まれる。いったいいつ一緒にイかせてもらえるのだろうか……。

想像すればゾクッと新たな波が起こる。怖くて、嬉しい。いつまでも抱き合っていたい。

「うん。柏木さん、好き」

恵は気怠《けだる》げな顔に、にっこりと無邪気な笑みを浮かべた。

「この天然タラシめ……」

一緒に頂点を迎えたのは、空が白々と明ける頃だった。

十

恵の写真が使われた広告は、雑誌だけでなく電車の中吊りにも使われて注目を集めた。

そのうち当然のように、向井沢頼の弟だという事実が知られる。ワイドショーなどでも取り上げられ、恵の元にも取材オファーが殺到した。

恵も頼もそれに関して特にコメントすることはなかった。それでもしつこくつけ回されることがなかったのは、話題がすぐに他のことに移ったからだ。

独身を貫いていたプレイボーイ俳優の結婚は、恵の話題を紙くずみたいに吹き飛ばした。

「あの、この一般女性って、受付の……」

恵の部屋の小さなテレビでは、モザイクのかかった顔の判別は不可能だった。しかしそのプロフィールとして、大手通販会社で働く二十八歳の受付嬢、評判の美人だと書かれている。

そう思ってみると、そういうふうにしか見えなかった。

「佐久間だ。さすがの手腕だな。会わせてやっただけで、自力であの男を落としたんだから。おまえがあいつのタイプでなくてよかったよ」

柏木は勝手に搬入した自分用のリラックスチェアに腰掛け、紫煙をくゆらせた。シガレットケースはもちろん恵が作った物。これが二人のキューピッドだったと言えなくもない。

「柏木さんが会わせてあげたんですか？」

「ああ。ファンだ、会わせろとうるさいから、絶対ものにしろと会わせてやったんだが……こんなところで使えるとはな」

「使える？」

「結婚会見をすると言うから、会わせてやったのを恩にきせて、少し期日を延ばさせた。おまえのことが話題になるのは目に見えていたから、火消しには格好のネタだ」

「そ、それは……ありがとうございます、なんでしょうか」

さすがの先読みと策略だが、感謝すべきなのかどうなのか。とても助かったのは確かなのだけど。恵も、頼も。

「別に、俺は俺のために動いただけだ。これに関しておまえに意見を求める気はなかったし、当然頼を助ける気なんて欠片もなかった。……改めて訊くが、これは誰のことを考えていた顔だ？」

柏木は雑誌の広告ページを開き、恵の物憂げな表情を差して問いかけた。

「……それは……柏木さん、です」

「だよな」

柏木は悦に入った顔になった。写真を眺める顔はなんだか子供のようで、恵は微笑む。

「いちゃいちゃするな、気持ち悪い。俺は断じて礼なんか言わないし、認めない」

「に、兄さん……いちゃいちゃなんて」

「空気がしてるんだよ。俺がいるの忘れてただろ」

忘れていたわけではないが、以前より意識に占める比重が減ったのは確かだった。これを兄離れというのだろうか。

「注目されないと機嫌が悪いって、どこの子供だよ。ガキの頃、弟ばかり可愛がられたトラウマか？」

「な、てめえ……。ドラマも終わったから、もうスポンサーでもなんでもないんだからな。下手になんか出ないぞ」

「下手に出てたことなんてあったか？　記憶にないんだが」

二人は寄ると触ると喧嘩する。しかし、頼がこんなにズバズバ物を言うのは珍しくて、見ていると微笑ましかった。ちなみに頼は仕事に行く途中で立ち寄ったため、頼のマネージャーの鈴木も同席している。彼はなにを主張することもなかったが、やはりどこか微笑ましくその様子を見つめていた。

「なんでこんな男……理解不能だ。恵、おまえは趣味が悪い！　けがらわしい」

「兄弟の縁を切る、か？　俺としては大歓迎だが」

それを聞いて恵は焦る。冗談に決まっているが、売り言葉に買い言葉は困る。

「あんたが切れよ。あんた、馬鹿にされるの嫌いだろ？　ホモだなんて馬鹿にされるの、嫌ですよねえ？」

「脅してるつもりか？　確かに俺は馬鹿にされるのが大嫌いだが……そういう奴を見返すのは大好きなんだよ。人を馬鹿にする奴なんてのは、たいがい自分が満たされてない可哀想な奴だ。幸せっぷりを見せつけてやれば、歯嚙みして悔しがる。頼、おまえは完璧主義をやめて、少し隙を作ってみろ。幸せになれるぞ。……たぶんな」

柏木は勝ち誇ったように言って、頼はますます頭にきた顔でなにか言い返そうとした。

「頼、時間だ。行くぞ。柏木さん、ありがとうございました」

鈴木が絶妙のタイミングで間に入り、なにに対してなのか礼を言った。

「兄さんはわりと身内には隙が多いんですよ。ねえ、鈴木さん？」

今までその相手は恵と鈴木くらいだったが、最近は柏木にもわりとくだけている。意外に認めているのかもしれない。頼の機嫌は憶測でしかわからないが、付き合いが長いのでわりと正解率は高い。

「はあ!?　恵、キサマ……」

「そうかもな。では、失礼します」

鈴木はまだなにか言いたそうな頼をがっちり摑んで連行していった。

「やっと邪魔者が消えたな」

柏木は恵を引き寄せ、自分の膝の上にのせた。

「か、柏木さんっ」

標準よりも大きな体を子供のように抱えられて、恵は恥ずかしさに慌てて立ち上がろうとした。しかし腰に巻き付いた腕は離れず、背中に柏木の体温を感じて、恵はおずおずと力を抜く。

「柏木さん、ありがとうございます。兄さんと喧嘩してくれて」

「は？　礼を言われることでもないと思うが……。相変わらず兄さん大好きだな、おまえは」

「兄さんのストレス発散に付き合ってくれる柏木さんが大好きです」

「ふ……俺の嫉妬は際限ないな。しょうがない、頑固ってのは、一途《いちず》ってことだよな。職人ってのは本当……融通が利かない」

職人と言われたのが嬉しかった。柏木の父親と一緒にされたのだろうことが、とても嬉しかった。

「でも、好きでしょ？」

「ああ好きだよ、認めたくないけど。そんな奴ばっかり見てたから、人の心があっさり変わるもんだってことに鈍くなってたんだな……まあ言い訳だけど」

柏木の手が胸元をまさぐる。シャツの上から、戯《たわむ》れに硬いものを探る。恵は徐々に前傾姿勢になった。

「おまえに顔を活かせなんてことは、もう二度と言わない。職人らしく引きこもって革だけ愛《め》でてろ」

柏木の会社では、無事に新たなサイトをオープンさせた。従来の『なんでも扱います、安く売ります』という通販サイトとは、まったく別物として、『いい物を適正価格で』を売り文句にしている。恵には見ているだけでも楽しいサイトだった。

そして、そこの別枠として、若手クリエイター育成部門があり、恵の札入れとキーケースも掲載されている。少しずつだが受注もあって、恵は毎日革と戯れている。

「でも、一番を目指しますから」

作品を作っては牧田に教えを乞うている。まだまだ先は長く、それが楽しくてしょうがない。

「争うのは嫌だってだだこねてたくせに」

「僕はどうやら、本気になったことがなかったみたいです。本気の自分がどんななのか、正直読めません。付き合ってくれますか？」

恵は後ろを振り返って、柏木の首に腕を回した。

「いいだろう。俺も本気はリハビリ中だからな。おまえとなら……」

唇を重ね、互いを高め合う。今高まるのは、鼓動と体温だけだけど。一緒にいればきっと、いろんなものが高まっていく。

「とりあえず、今までの遊び半分、清算してくださいね」

恵はにっこり笑って釘を刺した。

「そんなのはもう終わってる。俺もわりと職人気質《かたぎ》なんだよ」

頑固で一途。きっとぶつかることも多いだろう。だけどそれはよりよい二人のため。

「しわしわになっても、僕には柏木さんが一番です」

「それ、皮の話か……」

「先に死んだら、鞣しちゃいますよ？」

柏木の頬に手を伸ばし、その手ざわりを確かめる。もうカワだけでは満足できない自分を知っている。

「死んだらな。それまではちゃんと……感じさせてやる」

しっかりと抱きしめられ、抱きしめる。腕の中には確かな手応えと温もりがあった。好きな人に包み込まれる幸せは、生身でないと感じられない。

恵は柏木の胸に頬を寄せ、手ざわりだけではない恋の甘さを知った。

甘い愛の告白

恵《けい》は、きれいな顔した変態だ。

異常な革フェチ、重度のブラコン、天然のオヤジキラー。一途でけなげで頑固で、甘やかしたいのと同時にいじめたくなる。

柏木《かしわぎ》は革張りのプレジデントチェアに深く背を預け、長い足を組んだ。恵の拗《す》ねた顔を思い出しただけで口元が緩《ゆる》む。

自分もわりと変態だったらしい。

三十一年生きてきて、自分の固定観念はガチガチに固まっていると思っていたのだが、案外緩かった。男を金で買って抱くなどというモラルに反したことを大した抵抗もなくやってのけ、のめり込んで落としにかかる。遊び半分から始まり、本気になって、どの段階でもブレーキがかかることはなかった。

今となっては、死んでもずっとそばにいてやれるのなら、鞣《なめ》されるのも悪くないか……なんてことを思っている。恵をしのぐ変態になりつつあるのかもしれない。

「社長、最近ご機嫌ですよね」

社長室に入ってきた美人受付嬢に言われる。嬢というには少々とうが立っているが、美人には違いない。しかし一度として物にしたいと思ったことはなかった。

自分が面食いだということは認めるが、趣味はかなり偏っているらしい。しかし好みの顔なら男でもかまわないというのは、ターゲットが狭いのか広いのかわからない。

「佐久間《さくま》、おまえいつ辞めるんだ？」

機嫌のいいまま問いかける。

「ひどいです、社長。会社立ち上げの時からの戦友なのに……。さっさと辞めて若い子を入れさせろ、だなんて、セクハラです」

さりげない上目遣いもセクシーなのだが、なにも感じない。

「それはセクハラじゃなく、おまえの被害妄想だ。そもそも結婚が決まるまで、辞める気満々だったじゃないか。寿《ことぶき》退社だとかなんとか」

「そうなんですけど……つまんなそうなんですよね、専業主婦って。彼も別に仕事辞めてほしいとは思ってないみたいで……」

相手は人気俳優なのだが、わりとおおらかな人間のようだ。婚約会見をずらしてくれという要望も快く承諾してくれた。

「まあ……家にずっと引きこもってると、変な刺激が欲しくなるからな」

「旦那が忙しいと特にね……って、社長、本当に吹っ切れちゃったんですねー、前の奥さんのこと」

自虐ネタに佐久間は感度よく答えた。

「は？　そんなもんはとうの昔に吹っ切ってる」

「でも、そんなふうに軽口にすることなんてなかったじゃないですか。みんな気を遣ってそのへん触れないようにしてたんですよ？　社長、微妙に機嫌が悪くなるから」

「そりゃ悪かったな。でも恵にはベラベラと喋《しゃべ》ったそうじゃないか、元妻のこと」

「ああ、ねえ。なんか可愛くて、ついつい」

佐久間は曖昧《あいまい》に笑ってごまかそうとする。

恵が可愛いのはわかるが、それでついつい口が軽くなる心境には同意できかねる。そんな話を恵が聞きたがったとも思えない。

「別に怒ってはいない。仕事をするもしないも好きにすればいい。俺は若い女にも、おまえの新婚生活にも興味はない」

「興味があるのは恵君だけー？」

佐久間が茶化すように訊《き》いてきた。

「そうだ」

きっぱり言い返せば佐久間は驚いた顔になった。肯定するとは思っていなかったのだろう。しかしすぐに「なるほど」と頷《うなず》いた。そこに心境の変化の源があると気づいたのか、それ以上追及してこないのが佐久間のいいところだ。

仕事が終わるとさっさと家に帰る。それも今までにはあまりなかったことだ。会社から家まで車なら十分とかからない。

車を運転するのは好きなので、多少遠くてもよかったのだが、通勤にかける時間が惜しかった。その頃の早く帰りたい理由は、睡眠時間の確保、だけだったようにも思う。

結局、冷めていたのはお互い様だったのだ。妻のために建てた家のはずだが、妻の意見を聞いた記憶がない。妻としても、家なんてもうどうでもよかったのだろう。

新居に足を踏み入れることなく、彼女は去っていった。けちのついた家を売ってしまおうかと思ったこともあったが、家自体は気に入っていたし、そんなことのために手放すなんて馬鹿らしいという意地もあった。

今は売らなくてよかったと思っている。

ガレージに車を入れ、勝手口の鍵を開けて家に入る。いつものコースだ。ずっとひとり暮らしだから、インターフォンを鳴らすなどという習慣はない。

暗いリビングに入るとカーテンは全開で、グリーンのラグを敷いた床の上に、大きな白《しろ》豹《ひょう》が寝そべっていた。

柏木は電気をつけずに近寄り、月明かりに照らされた寝顔を見て頬《ほお》を緩める。

寝顔はとても幸せそうだ。木漏《こも》れ日の降り注ぐ窓辺がお気に入りで、近くにクッションのいい大きなソファがあるから、せめてその上で寝るように勧めても、いつもなぜか床の上で丸くなっている。

なにを言っても結局は気に入ったポジションを譲らないところも、背中のラインがとてもセクシーなところも、猫科の獣を思わせた。

まるで起きる気配のない恵にブランケットを掛け、柏木はソファに座ってネクタイを緩めた。起こした方がいいのかもしれないが、少しだけこのまま見ていたかった。

恵に自分は元妻と似ているのかと訊かれた時はドキッとした。

恵がその存在を知っていたことも驚きだったが、言われてみれば……と、思い当たるところがあったのだ。清楚で儚《はかな》げな雰囲気は似ているかもしれない。

しかし、こうして見ると、やっぱりまったく似ていない。少なくとも彼女はこんなところで寝るような女ではなかった。

いつもうつむきがちで口答えはせず、礼儀作法も家事も完璧。あなたについて行きますという風情の旧家のご令嬢だった。

二十四で結婚し、二十六で別れ、もう五年が経った。その顔を思い出すこともなく、今どこでなにをしているのかも知らない。

復讐したいと思うほど引きずっているつもりはなかったが、もしかしたら恵への一目惚《ひとめぼ》れめいた執着の中には、そういう要素も含まれていたのかもしれない。似た雰囲気の人間を傷つけて溜飲《りゅういん》を下げようという愚かさに、金で寝るような男だという妄言が拍車をかけた。

しかし、後味はこの上なく悪かった。そして、自分が男に惹《ひ》かれているということを認めるしかなくなった。

今も恵のことは無性にいじめたくなる。でもそれは傷つけたいのではなく、甘えさせて蕩《とろ》けさせて、追い込んで……涙目で縋《すが》りつかれたいのだ。

あのシガレットケースに惹かれたのも理屈ではなかった。決して一流品とは言えない代物だったが、使いやすかったし、本当はとても愛着を感じていた。どこの工房で作られた物なのかも調べたのだ。すでに潰れた後だったが。

運命だなんて恥ずかしいことを言う気はないが、自分の本能と感覚すべてが恵を選んだ。元妻のことは形式で選んだような気がする。男は道を切り開き、女は黙ってついてくる、そんな古風な美意識が自分の中に生きていたのは父親の影響だろう。嫌っていたはずなのに親と同じ道を歩もうとしていることに気づき、父のように妻に金の苦労をさせなければ自分の勝ちだなんて、馬鹿な思い違いをしていた。

父の四十九日の夜、父が頑固なせいで苦労させられたという話をしたのだが、母の同意は得られなかった。

『一緒に苦労するのが嫌なら結婚なんてしません。お父さんは幸も不幸もなんだって一緒に分かち合ってくれました』

一喝され、その言葉は胸に突き刺さった。思えば、母が父を悪く言うのなんて一度も聞いたことはなかった。ひとりで苦労を背負い込んで妻に逃げられたばかりの身には痛すぎる言葉だった。

本気にならないと逃げを打ちながら、本当は探していた。一緒にすべてを分かち合える相手を——。

柏木は立ち上がると、スーツの上着を脱いで、恵の横に寝転がった。こんなことをするのは子供の頃以来かもしれない。

木漏れ日が気持ちいい時間はとうに過ぎ、窓の外には夜のとばりが下りている。空を見上げれば、揺れる梢《こずえ》に黄色い満月が見え隠れしていた。

「悪くないな」

五年も住んでいる家なのに、今さら新しい良さを知る。

「ん？　……柏木さん？」

恵は目を覚まし、横に柏木が横たわっているのを見て驚いている。いつも小言を言うばかりで、一緒に寝転がるなんてしたことがなかった。

「いつからここで寝てたんだ？」

「え、あ、ごめんなさい。光がキラキラして気持ちよかったから……」

「昼から寝てたのか。こんな硬いところで……体が痛くならないのか？」

「全然平気。ラグもふかふかだし。兄さんにもよく、おまえは猫か、行儀が悪いって怒られてたけど……好きなんです、床の上。よくないですか？」

頼《らい》と同じ小言を口にしていたのだと聞かされ、微妙な気分になった。しかし頼はこうして隣に寝転んだことはないだろう、などと無意味な優越感に浸《ひた》る。

「ああ、悪くない。おまえと一緒ならな」

横を向いて恵を見つめながら言えば、甘い声を出そうとしなくても、自然に甘い声になった。

手を伸ばして恵の頬に触れる。ピクッと反応した恵は、しかしおとなしく指の感触を味わっている。やはりどこか猫っぽい。

「ついでに、もっと行儀の悪いことをするか」

耳をくすぐりながら言えば、恵はちょっと照れた顔になったが、否《いな》やはないらしい。

上体を起こして上から覆い被さり、口づける。舌を入れればおずおずと応《こた》えてくる。

優しいキスしかしたことがなかったというのが、いかにも恵らしいと思った。しかし恵の本質は、たぶんわりと激しい。のめり込むと我を忘れ、こちらが驚くほどの積極性を見せる。

思わず苦笑してしまうのだが、その激しさがまた可愛くてならない。見かけはしなやかな豹だが、やっぱり猫だ。少なくとも柏木にはそう見える。

「あの……これはベッドがいい、です」

少しだけ積極的な申し出に、柏木にも否やはなかった。

起き上がるとブランケットが落ち、拾った恵が笑う。

「ありがとう。柏木さんって、実は優しいですよね」

恵はそういう言葉を発するのにはまったく照れがない。こっちが照れくさくなるのだが、それにも少し慣れた。

「実はってなんだ。俺は優しいぞ。でも、おまえが早く引っ越して来ないと、ひどいことをしたくなるかもな」

さらに甘い声で脅《おど》す。

仕事が立て込んでいなければ、今日のようにここで日向《ひなた》ぼっこをしているが、忙しくなると自分のアパートに引きこもって出てこなくなる。電話にも出ないので、忙しい時ほどこっちにいろと言っているのだが、なかなか向こうを引き払わない。

「でも、やっぱり、頼ってばかりじゃ……」

自立にこだわるのは、兄に養ってもらっていたことが負い目になっているからだろう。好きな人だからこそ頼ってばかりではいたくない——男としてその気持ちはよくわかるのだが、恵は面倒を見たくなるタイプなのだ。いいから頼れ、と言いたくなる。

きっと頼も、クラブのママもそうだったのだろう。頼が迷惑そうな顔をするのなんて、ポーズに決まっている。

「なるほど、ひどいことをしてほしいわけか。まあ、やぶさかではないな」

引っ越しの説得は置いておき、今は目先の欲求を優先させる。

「え、いや、あの、お手柔らかに」

苦笑して恵の腰を抱き寝室に向かう。細い腰だが間違いなく男の腰だ。筋肉の張りが違う。それでも、そのラインをなぞれば欲望が込み上げてくる。とうの昔に枯れてしまったと思っていた即物的な欲求が溢《あふ》れ出す。

もしかしたら自分はゲイだったのではないかと疑ってみたこともある。しかし、恵以外のどんな細腰にも食指は動かない。どういう理屈かはわからないが、恵にしか反応しない。

まあ、端的に言ってしまえば、好きだから……ということになるのだろうが、それは三十すぎの男にはなかなか照れくさい言葉だった。

「いつも俺と一緒にいるのは嫌か？」

ベッドの横に立って、耳元に問いかければ、恵は大きく首を横に振った。

「そ、そんなはずないですっ。あの、じゃあ家賃とってください」

「は？」

「ここってローンとか……」

「もう終わっている。ここは俺の家だ。なにも遠慮はいらない」

「でも……」

ムッとしてベッドに押し倒した。上から冷ややかに見つめる。他人行儀な様子が柏木を苛《いら》立《だ》たせた。

強情な恵に言うことを聞かせるのは、強さよりも甘さだとわかっているのだが、どうしても押したくなる。いつもは難なくできる感情のセーブが、恵相手だと難しい。

「俺のものになれ、恵。もっと俺にのめり込め」

革には全力で没頭するくせに、自分に対してはブレーキがかかるところが気に入らない。どこまでもライバルは革なのか。

「柏木さん……」

その表情から、まだいい返事は聞けそうにないと察して、口づけで口を塞《ふさ》いだ。それには素直に応えてくるのだが、やっぱり恵は強情だった。

「待って、ください……」

「なに？」

「そんなに急がなくても、僕は心変わりなんてしません。もう少し、ゆっくりじゃダメですか？」

恵は濡《ぬ》れた唇で訴えてくる。

「余裕だな」

気に入らない。年下に諭《さと》されるのも、自分ばかりが欲しくて焦っているのも。

付き合いはじめなんて、もっと浮かれて、馬鹿みたいに顔を見たくなるものじゃないのか。

家に帰ってきて恵がいるとテンションが上がる。ずっといてほしいと思うのはエゴなのか。

「余裕じゃないです。僕も柏木さんと一緒にいたい。でも……柏木さんに従うのは簡単なことだけど、今の自分じゃ依存してしまったらもう、自分の足で立っていられなくなりそうで怖いんです。だから、もう少しだけ待ってください」

「依存すればいい。俺なしじゃいられなくなればいい。俺は受け入れたら最後までちゃんと面倒見る。俺が信じられないか？」

「違います。でも僕は……あなたの後ろをついていきたいわけじゃない」

恵は言いにくそうに、しかしはっきりと言った。まるで別れを告げられたかのように、柏木は内心激しく動揺していた。

「俺にそんな甲斐性はないと？」

動揺を怒りで隠す。いつの間にか後ろからいなくなっていた元妻のことを思い出してしまった。自分はそんなに頼り甲斐のない男なのかと、問い詰めたくなる。

恵はまた首をブンブンと大きく横に振った。

「違う。柏木さんの問題じゃなくて、僕の問題です。一緒に歩いていきたいんです。後ろじゃなく隣に並んで……。経済面では無理でも、心がちゃんと自立して、柏木さんを支えられる自信ができたら、ここに来ます。それじゃダメですか？」

ふわふわしているようで、ちゃんと考えている。恵に必要なのは自信だけ。その返事自体がしっかり自立している証拠だ。だけど、今ここでこちらがいくら口で言っても、恵自身が納得しない限りは動かないだろう。

柏木は深々と溜息《ためいき》をついた。

「おまえは本当、抉《えぐ》るよな……俺の古傷を」

また無意識に引っ張っていこうとしていた。恵に言うべき言葉は、ついてこいでも、俺のものになれでもなかった。

自分がいいと思ったら、相手の意見を聞かずに話を進めようとする悪い癖がある。この家はそれで建てたようなものだし、仕事でもそれで失敗したことはある。癖というのは意識していないから、指摘されるか失敗するまで気づかない。

「え？　そんなつもりで言ったんじゃ……ないんだけど」

指摘してくれる人間は貴重だ。

かつて妻に逃げられたトラウマなんて、そんな格好悪いものを背負っているつもりはなかった。しかし、目を離した隙にまた失ってしまうのでは、という焦りや猜疑心《さいぎしん》はあったかもしれない。どうしても失いたくないから、一刻も早く自分の目の届くところに置きたかった。

でも、なんでも話すと約束した。その約束を恵は守るだろう。

今度は信頼という言葉をはき違えてはいないはず。焦《じ》れったいが、待つよりもいい策はなさそうだ。ここはどっしり構えているふりをするしかない。

「わかった。来る気があるのなら……待ってやる」

「ありがとうございます。頑張ります」

「なにを頑張るんだか……」

思い通りにならないことは嫌いだが、思い通りにならない人間は意外と嫌いではないらしい。恵だからだ……とも思うが、父親のことも嫌いではなかったと最近気づいた。

自分の意見を持っている人間とは必ずぶつかるけれど、そうでないと楽しくない。

「俺が折れてやるのなんて、おまえだけだぞ」

「僕なんていつも振り回されてばっかりですよ」

「嘘《うそ》つけ」

「嘘じゃないです。でも、そういう人が好きみたいで……しょうがないなって」

恨めしそうに言いながら、見上げてくる瞳は甘く誘っていた。

「好きなら、しょうがないな」

結局そういうことだ。好きになったらしょうがない。切り捨てられないなら、妥協点を探るしかない。

間近に目を見交わし、微笑《ほほえ》む。

「ベッドの上では心置きなく振り回されろ、俺に」

そう囁《ささや》いて、まずはわがままなキスから始める。強引に奪い、はぐらかし、吸い上げる。

振り回されて恵の体は熱くなる。瞳が潤む。

その瞳に惑わされ、柏木も熱くなる。

好きな相手のわがままは心地いい。互いに振り回して振り回されれば、相乗効果でどうしようもなく昂《たか》ぶる。終わりが見えなくなる。

「あ……柏木さ、……好き」

やっぱり振り回されているのは自分だと思う。

そのたった一言で、なんでもできる気分になる。無敵になれる。恵以外の誰にも負ける気がしない。

「せめてこっちは、一緒に……な？」

何度か恵をイかせた後で、耳元に甘く囁いた。

「うそ、つき……っ」

そんなことを上目遣いに言うからいけない。優しくしたいのにできなくなる。

「人には待てと言うのに、おまえは待てができないよな」

中を突き上げながら言えば、眉《まゆ》を寄せて睨《にら》みつけてくる。文句言いたげなのを、乳首を摘《つま》んで違う声に変えさせた。

こういうことをするから、恵が余計に強情になるのかもしれない。そう思ってもやめられない。目を離せない。もう、手放せない——。

「一緒に……生きたいんだよ、恵」

ゆっくりとでも、どこまでも一緒に行けたらいい。悦《よろこ》びも苦しさも分かち合えたらいい。

わがままもいつか思いやりになる。

革になってても自分のそばにいてほしい。そんな変態じみたわがままも、二人の間ではこの上なく甘い愛の告白だった。

あとがき

こんにちは。作者の李丘那岐です。

「甘い恋の手ざわり」お楽しみいただけましたでしょうか？

不安でしょうがないのはいつものことなのですが、今回はよりいっそう不安でびくびくしております。

だって、受けが「僕」って言ってるんですよ⁉

……あれ？　ああ、普通ですか。普通ですよね。私が滅多に書かないというだけで。

キャラが固まるまで、自分を僕と言う主人公になかなか馴染めず大変でした。一人称が僕の受けを書いたのは何年ぶりでしょう。しかも、しなやかな美人のちょっとおかしな子。攻めに変態だと断言される受け……。不安です。

でも、変態って見た目じゃわかりませんからね。

イラストをいただいた瞬間に、オシッ！　と拳を握りました。美人だー、きれいだー、なんてしっとり素敵な二人なのでしょう。不安が一気に減りました。

水名瀬雅良様、素敵なイラストをありがとうございます。ご迷惑おかけして誠に申し訳ございませんでした。

そういえば、誰かが誰かを殴っていない、大した事件の起こらない話も久しぶりのような気がします。まあ、始まりはアレでしたけど。

あんまりラブラブいちゃいちゃされると、邪魔しなきゃいけないような気がしてくるのは、なんの呪いでしょうか。歴代のいろいろハードなことを浴びせられた受けたち（たまに攻め）の呪いでしょうか？

負けずにラブラブいちゃいちゃすればいいと思います。きっと君たちならできる。

今までの奴らもきっとラブラブいちゃいちゃしてるはずです。

……ん？　もしかして私の呪いなのか？

まあ、そのへんは置いておくとして。

もう書くことがお礼とお詫び以外になくなってしまいました。

ここから延々お詫びを書き連ねても足りないくらい多方面にご迷惑かけている私ですが、そんなの1Pも読まされてもね……。不快でしょうし、不毛ですよね。

謝らんでいいから改めろ！　と、きっと迷惑を被った皆様は言いたいはず。

本当に本当にすみません。そしてありがとうございます。

私は自分でも呆れるほど不出来な人間で、自分にげんなりすることも多いのですが、それでもこうして皆様とおかしな妄想を分かち合わせてもらえる。その場を与えていただいていることにも、力を貸してくださる皆様、分かち合ってくださる皆様がいらっしゃることにも、心から深く感謝しております。

どうか私のおかしな妄想が、皆様の楽しい時間に繋がりますように。

変態に感化され変態になれば幸せ街道まっしぐら。本編の二人のように、皆様もさあ一緒に変態に……いや幸せになりましょう。

って、なんだか怪しい宗教の勧誘みたいなことに。

とりとめのないあとがきですみません。最後の最後まで読んでいただき、誠にありがとうございました。

いつかまた、なにかの話でお会いできることを切に祈っております。

二〇一二年　舞う雪と寒椿を見つめながら……　　李丘那岐

✦初出　甘い恋の手ざわり……………書き下ろし
甘い愛の告白……………………書き下ろし

李丘那岐先生、水名瀬雅良先生へのお便り、本作品に関するご意見、ご感想などは
〒151-0051 東京都渋谷区千駄ヶ谷4-9-7
幻冬舎コミックス　ルチル文庫「甘い恋の手ざわり」係まで。

幻冬舎ルチル文庫

甘い恋の手ざわり

2012年2月20日　第1刷発行
2012年3月20日　第2刷発行

✦著者　李丘那岐　りおか なぎ

✦発行人　伊藤嘉彦

✦発行元　株式会社 幻冬舎コミックス
〒151-0051 東京都渋谷区千駄ヶ谷4-9-7
電話 03(5411)6432[編集]

✦発売元　株式会社 幻冬舎
〒151-0051 東京都渋谷区千駄ヶ谷4-9-7
電話 03(5411)6222[営業]
振替 00120-8-767643

✦印刷・製本所　中央精版印刷株式会社

✦検印廃止

ISBN978-4-344-82453-9　C0193　Printed in Japan

イラスト
ヨネダコウ
600円（本体価格571円）
蔦・土木業の傍ら非行少年の更生を引き受ける阿万崎家。その長男・郁己は周りへの反発から、ゼネコン勤務の今に至るまで優等生を続けている。だが、少年たちの中にあって不思議と荒んでいない大信とは気が合った。勉強熱心で勘も良く、若くして蔦の職長になった大信は眩しく、安らげる存在——そんな相手から「好きだ」と告げられた郁己は……？
［空を抱きしめる］
李丘那岐